エッセイの小径

ミラノ 霧の風景

須賀敦子

JN226844

白水uブックス

目次 ❖

ミラノ　霧の風景

遠い霧の匂い　7
チェデルナのミラノ、私のミラノ　15
プロシュッティ先生のパスコリ　31
「ナポリを見て死ね」　49
セルジョ・モランドの友人たち　73
ガッティの背中　89
さくらんぼと運河とブリアンツァ　109

マリア・ボットーニの長い旅　126
きらめく海のトリエステ　144
鉄道員の家　163
舞台のうえのヴェネツィア　181
アントニオの大聖堂　199
あとがき　216
解説　大庭みな子　219

遠い霧の匂い

乾燥した東京の冬には一年に一度あるかないかだけれど、ほんとうにまれに霧が出ることがある。夜、仕事を終えて外に出たときに、霧がかかっていると、あ、この匂いは知ってる、と思う。十年以上暮らしたミラノの風物でなにがいちばんなつかしいかと聞かれたら、私は即座に「霧」とこたえるだろう。ところが、最近の様子を聞くと、この霧がだんだん姿を消しはじめたようである。ミラノの住人たちは、だれもはっきりした理由がわからないままに、ずっと昔から民謡やポップスに歌われてきた霧が、どうしたことか、ここ数年はめずらしくなったという。暖房に重油をつかわなくなったからだと言う人もいる。そうだろうか。あんな霧、なくなったほうがいいですよ、とミラノに住んでいた日本人は言うが、古くからのミラノ人は、なんとなく淋しく思っている。

もう二十年もまえのことになるが、私がミラノに住んでいたころの霧は、ロンドンの霧など、ミラノのにくらべたら影がうすくなる、とミラノ人も自負し、ロンドンに詳しいイタリアの友人たちも認めていた。年にもよるが、大体は十一月にもなると、あの灰色に濡れた、重たい、なつかしい霧がやってきた。朝、目がさめて、戸外の車の音がなんとなく、くぐもって聞こえると、あ、霧かな、と思う。それは、雪の日の静かさとも違った。霧に濡れた煤煙が、朝になると自動車の車体にベットリとついていて、それがほとんど毎日だから、冬のあいだは車を洗っても無駄である。ミラノの車は汚いから、どこに行ってもすぐにわかる、とミラノ人はそんなことにまで霧を自慢した。

夕方、窓から外を眺めていると、ふいに霧が立ちこめてくることがあった。あっという間に、窓から五メートルと離れていないプラタナスの並木の、まず最初に梢が見えなくなり、ついには太い幹までが、濃い霧の中に消えてしまう。街灯の明りの下を、霧が生き物のように走るのを見たこともあった。そんな日には、何度も窓のところに走って行って、霧の濃さを透かして見るのだった。

ミラノ育ちの夫は、霧の日の静かさが好きだった。“giò per i poumon”「ずうっと肺臓の奥深くまで」霧を吸い込むとミラノの匂いがする、という方言の歌を彼はよく歌った。ひどい音痴だったから、歌というよりは、ふわふわした、たよりない雲が空をわたっていくような音だった。霧の日は、よくポレンタを作った。ポレンタは北イタリア特有の料理で、南ではポレントーネというと、北イタリア人の蔑称である。トウモロコシの粉を火にかけたお湯にふるい入れて、すっかり底が焦げついてしまうまで、ただ捏ねに捏ねて作ったパンの一種で、肉料理を添えて、そのソースで食べる。仕事から帰ってきて、玄関のドアを開けたとたん、夫は、あ、ポレンタだな、いい匂いだ、と言いながら台所に入ってくる。

朝、霧の濃い日は、これはきっと晴れるぞ、と言って、夫は上機嫌だった。事実、午前十時ぐらいになると、うそのように青い空が顔を出す。「ロンバルディアの空は、美しい日には、たぐいなく美しい」——文豪マンゾーニがそう書いている、と夫は出典の真偽のあやしいアフォリズムを唱えるように言って、青く晴れた空をたのもしそうに眺めた。

そんな霧の季節になると、飛行場もまったく無用の長物となってしまう。私たちの家から遠くないリナーテの辺りの霧はとくにひどくて、春が来るまでは飛行場もただの野原同然になった。やあ、飛行機がミラノに降りられなくて、ひどい目に遭いましたよ、と日本からの客はよくこぼした。鉄道の長距離列車の発着もあてにならなくなる。煤煙の匂いがこびりついているようなミラノの中央駅で、いつまでたっても到着しない列車を、何度待ちわびたことだろう。車の運転も、霧が出ると（立ちこめる、というような詩的な表現は、実をいうとミラノの会話にはない。霧がある、か、ない、だけだ）至難のわざになる。視界二メートルというような日には、車を野道に乗り捨てて歩くこともあるほどだ。一度霧の中に迷いこむと、とんでもない所に行ってしまうからだ。霧の「土手」というのか「層」というのか、「バンコ」という表現があって、これは車を運転していると、ふいに土手のような、塀のような霧のかたまりが目のまえに立ちはだかる。運転者はそれが霧だと先刻承知でも、反射的にブレーキを踏んでしまう。そのため、冬になると町なかの追突事故が絶えないのだった。霧の「土手」は、道路の両側が公園になったところや、大きな交差点などでわっと出てくることが多かった。あるとき、ミラノ生まれの友人と車で遠くまで行く約束をしていたが、その日はひどい霧だった。遠出はあきらめようか、と言うと、彼女は、え、と私の顔を見て、どうして？　霧だから？　と不思議そうな顔をした。視界十メートルという国道を、彼女は平然として時速百キロメートルを超す運転をした。「土手」にぶつかるたびに、私の足はまぼろしのブレーキを踏んでいた。こわくないよ、と彼女は言った。私たちは霧の中で生まれたんだもの。

また、あるとき、夫の友人たちといっしょに、ミラノの南にある田舎の修道院に夕食に招かれたことがあった。現在ではおそらく開発されてしまっただろうが、この辺りは『にがい米』という映画に出てくるような水田地帯で、牧草までがマルチーテと呼ばれる特殊な灌漑溝のある水浸しのような畑で栽培されている（だからこの地方の牛肉は水っぽくておいしくない、と土地の人は言う）。この地方の灌漑を設計したのがレオナルド・ダ・ヴィンチだそうで、これもミラノ人の自慢である。ところが、この水が曲者で、霧を生む。

その日は、しばらく会っていなかった友人がおなじ車に乗ったので、話がはずんだ。あっと思ったとき、私たちは郊外に出る高速道路に入りそこねたことに気づいた。もとに戻るには、大まわりをしなければならない。あきらめて、霧の田舎道を行くほかなかった。はじめはなんとか行けたのだが、進むにつれて、私たちは、間違いに気づいた時点で戻らなかったことを後悔しはじめた。霧が自動車のライトを跳ね返すということを、その日まで、私は知らなかった。運転をしていたルチアは、自分の横のドアを開けて、路肩の白いラインを確かめながら走った。そのラインもやがて見えにくくなって、とうとう、同乗のひとりが車を降りて、車の前をゆっくり歩くことになった。やっと目的地に着いたとき、待ちわびた修道僧たちは、てっきり私たちが招待の日を間違えたのだと思っていた。約束の時間に、二時間遅れていた。

ローザ・カルツェッキ・オネスティがわが家の夕食に来てくれたのも、おなじような霧の日だった。夫の親しい友人だったローザは、著名な古典学者でもあり、彼女のウェルギリウスの訳はいまでも定評がある。小柄でひっつめに結った髪、襟のつまったブラウスにプリーツのスカート、ながいこと高校の教師をしていることから生まれた、ゆっくりとした、折り目ただしいイタリア語。彼女は中部イタリアのアドリア海に面したレカナーティという町で生まれた。イタリア人ならだれもが知っているが、一八世紀のロマン派詩人レオパルディの生地でもある。彼女はそれを誇りにしていた。お父さんも、お祖父さんも学者の家系だった。ボーナという名の妹さんと二人で、繁華なポルタ・ヴェネツィアの古めかしいアパートメントに住んでいて、彼女とボーナを二人いっしょに見ると、同じ窯で焼かれた磁器の人形みたいに、動作も感じもそっくりだった。ボーナという名は、カルツェッキ・オネスティ家に古くから伝わる、トスカーナ系の名前だ、とローザは説明してくれた。彼女と話していると、夫までが学校の先生のような口調になった。私はローザに会うと、普段から疑問に思っているイタリア語についての質問をつぎつぎに投げかけた。その反面、自分が彼女の学校の生徒だったら、きっと反抗しただろう、と私はいつも思った。

成人してから彼女に会ったことはさいわいだった。ときには古くさいと思えるようなローザの返答が、不思議に素直に聞けて、そのことが自分にとって楽しかった。

その夜、ローザは、なにか仕事が残っているので、あまりおそくまでいられない、と言っていた。おそくない、と言っても、ミラノの夕食は八時だから、十時にはなっていただろう。霧がひどいから、弟さんのテミが車で迎えに来てくれるはずだった。テミというのは、テミストクレスの愛称で、こんな紀元前のアテネの政治家の名をつけたりするのも、古典学者が輩出した彼女の家の伝統だとローザは説明した。

テミは、しかし、なかなか現れなかった。私たちは、つぎつぎに窓のそばへ行って、テミの自動車が来ていないかどうかを確かめた。車種や車体の色を聞いて、それに似た車が見えると、あ、あれかしらと言ってローザを呼んだ。とうとう、ローザは窓を開け、霧の流れる外気にあたりながら、細い首をのばして、テミの車が来るはずの交差点の方角をじっと見透かしていた。

テミが、その週末、ピエモンテ地方のアルプス山麓までグライダーに乗りに行っていたこと、ローザを迎えに来るのはその帰りだったことを、彼女はその夜、私たちに言わなかった。それで、来ない、来ないと心配しているローザを、きっと急に都合がわるくなったのよ、と平気な顔でなぐさめて、彼女のためにタクシーを呼んだ。

翌日の新聞で、私たちはテミの操縦していたグライダーが、山に衝突して墜落し、テミが行方不明になったことを知った。生存の可能性はまったくないという。雪が深くて、春まで事故の現場には登れない、と新聞は報じていた。

ミラノに霧の日は少なくなったというけれど、記憶の中のミラノには、いまもあの霧が静かに流れている。

チェデルナのミラノ、私のミラノ

「カミッラ大伯母はスカラ座に桟敷を持っていた。それは彼女がポルディ・ペッツォーリ侯爵の遺産としてもらったもので、舞台わき右側四番目の桟敷だった。大伯母はたいへんな資産家で、たいへんなけちんぼう、音楽好きで、宝石のコレクションが趣味であった。彼女は水腫病をはじめとする様々な病気もちで、ほとんどいつもふせっていた。大伯母が外出するのはスカラ座に行くときだけだったが、そんなとき、ガウンにスリッパという格好で裏階段をあえぎあえぎ上って行った。それはとてつもなく大きなガウンで(深紅色のビロウドに手編のレースをいちめんに縫いつけたしろもので、大伯母が亡くなってから、母はそれを安楽椅子に張らせた)、胸には数知れぬ宝石がかがやき、遠くからでもきらきらと光ってみえた。オペラ・グラスを持っていない人の目にはそれは勲章をちりばめた将軍の胸かとうつった。それぞれの出し物の初日には真珠のネックレスをつけたが、それはサヴォイア家のマルゲリータ女王のと寸分違わぬもので、ふだんはイタリア商業銀行の金庫に入れてあり、初日以外の上演日には、信頼のおける宝石商にそっくりに作らせたまがいをつけた。ワグナーの歌劇『ラインの黄金』を二十回見たのが彼女のスカラ座における記録だった。

「彼女は、桟敷に訪ねてくるお客用として、いつも〈バラッティ&ミラノ〉製のキャンディーを一袋持って行ったが、人にすすめる分として自分のきらいな味――コーヒー、カラッカ・クリーム、ラタフィアと呼ばれるフルーツ・ドロップ、プラジェラートの蜂蜜など――をあらかじめ選んであった。母はしばしばお相伴で横にすわらされ、大伯母は（真珠貝を貼った）ツァイスのオペラ・グラスを手に、よその桟敷にうちこぼれている著名な美女たちの陰口をたたくのをこよなく愉しんだ。『わるく言っときゃ、まちがいない』というのが大伯母の好きな地口のひとつだった。母の話によると第一次世界大戦後の数年間、場内の照明が徐々に暗くなっていくあの魔法にかけられたような瞬間が近づくと、観客はいっせいにふりむいてトスカニーニの桟敷（もとは三列目の八番、のちに二列目の十二番）に視線をそそいだという。そこにはトスカニーニ令嬢ワリーのあでやかな顔が、毎晩色の違う、ふんだんに使われたチュールの夜会服とピンクあるいは黒のダチョウの羽の巨大な扇のあいだに浮かびあがっていた。一瞬、讃嘆のささやきがスカラ座いっぱいにひろがるのだった」

これは、カミッラ・チェデルナが何年かまえに書いた『近いこと、遠いこと』という本からの抜粋である。チェデルナは、一九五六年から八一年まで、急進派の週刊誌『エスプレッソ』の特別寄稿者として活躍し、ミラノのモードや上流社会のゴシップを軽妙な都会的タッチで描いてみせることで有名な評論家である。

イタリアではチェデルナの名を聞いただけで、またあのゴシップ好きが、と顔をしかめるむきも少なくないのであるが、私たち外国人にとって、彼女はなかなか貴重な存在である。それは彼女がふつう「よそもの」には扉を閉ざしている世界、歴史や社会学の本には書いてないヨーロッパ社会のひとつの面について教えてくれるからである。この閉ざされた社会、すなわち、目に見えぬところでヨーロッパを動かしている、いや、動かすとまでは行かぬまでも、そこにずっしりと存在している社会、とくに貴族たちについて、もっと正確に言えば、この特殊な「種族」が社会の一隅でひそやかに発散しつづける、そこはかとない匂いのようなものについて、彼女は教えてくれるからである。

数年まえの夏、イタリアに滞在していたときに、「新聞小説の復活」というふれこみで日刊紙『コリエーレ・デラ・セーラ』の紙上をにぎわした、そのために私が毎日、早起きして新聞を買いに行くほど熱中して、友人たちにからかわれた小説があった。『香水』という題のその小説の主人公は、のちに稀代の香水づくりの名人となるのだが、体臭というものをまったくもたずに生まれたため、悪魔の落し子として母親に捨てられ、周囲のものからも疎まれる。子供たちでさえも本能的にこの匂いのない子を仲間はずれにするばかりか、危害を加えようとさえする。自分の匂いというものをもたないこの奇怪な人物は、そのかわりに並はずれて鋭敏な嗅覚をもち、それが彼の人生の方向を決定する。彼は香水職人としての第一歩を踏み出すにあたって、仲間だけではなく人類全般からうけいれられるために、ある作業を行なう。それは自分自身の体臭を発明することであった。自分自身の体臭とはとりもなおさず人間としての匂いなのであるが、その匂いを彼はネコの糞と、かびたチーズと、腐敗した魚のはらわたで作りあげる。この香水を身につけて歩いたとき、彼は生まれてはじめて人々が彼の存在に異常な反応を示さなくなり（ということは、道ですれちがっても、ふりむいたり、彼を避けたりしなくなっただけの話なのであるが）、小さい子が彼に平気で抱かれたりするようになる。紹介が長くなったが、私はこの小説を読んで、チェデルナの小説を思い出した。
ジュスキントという作家の描いたこの主人公が自分のために発明した人間の体臭とは、チェデルナの描く、イタリアの貴族たちが（そしておそらくは、ヨーロッパをはじめ世界中の「古い」国々の貴族といわれる階級の人たちが）、社会のどこかでひそかに発散しつづけているほのかな匂いと、どこか似かよっているように、私には思えた。もとを洗えばネコの糞であったり、かびたチーズ、腐った魚のはらわたにすぎないものが、たがいにまざりあい、響きあって、私たちのあるかないかの体臭となり、人間同士をかぎりなくなつかしい存在にしている。それと同様に、この一見、時代錯誤的な、そしてやりきれないほど自己中心的な「種族」も、自身もそのひとりであるチェデルナの風刺のきいた文章の中に、そのなつかしい人間の匂いをただよわせ、それが彼女の作品を単なるゴシップ記事以上のものにしている。

さて、カミッラ大伯母さんが君臨したスカラ座は、当然のことながら、今日すっかり変貌をとげてしまった。六〇年代後半の「文化革命」のころ、スカラ座のフォワイエにブルー・ジーンズの若い男女が現われ、あるときはそんな学生のひとりが着かざった観客のイヴニング・ドレスに赤いペンキのスプレーをかけるというところまで事態が悪化し、多くのなじみ客がオペラ行きをあきらめるまでになったという。

そして二十年余、言い尽くせない社会的苦難を経て、いまイタリアの多くの人々は、かつて強引に切捨てようとした、あるいはそれに対して目を閉じようとした過去の遺産について、もとよりそれを復権させようというのではないが、以前よりも距離をおいて眺める余裕をとりもどしたかにみえる。全体を平均化、標準化してしまおうとするヒステリックで自己顕示欲のつよいある種のファッショ的平等化よりも、厳しい自己管理のうえにのみ発展が可能であるような自由主義的思考への展開、あるいは回帰が少しずつ感じられる(それとも、すべては滅びゆくものの無責任なノスタルジーに過ぎないのであって、これもまた世紀末的な瓦解の一過程にすぎないのか)。

いずれにしても、私はチェデルナの本を一気に読んだ。ここに描かれた人々は、私がミラノで暮らした短くはない年月に私の周囲にいた人々とはあまりかかわりのない連中で、もう少し言えば、友人のうちには何人かこの「種族」に属する人もいたのであるが、彼らのいわば全体像を把握しないままに私はつきあっていたのだった。それというのも、彼らの存在は、折にふれて私の興味をひきはしたものの、苦学生や貧乏インテリだった私たちの日常生活からは離れていて、なにかの出来事に触発されて、ふと思い知らされるという具合だった。

ミラノに住んで二年目に結婚することになったとき、土地に不慣れな私はもちろんのこと、夫となる人にも、結婚指輪なるものをどこでどのように求めればよいのか、さっぱり見当がつかなかった。そんなとき、夫の古くからの友人だったルチアが、ある店を紹介してくれた。

「母もずっとまえから使っている店だし、私もなにかとたのむ人だから」と言って、彼女は電話番号を教えてくれた。約束をとって私たちは出かけたが、意外なことにそれは、都心ではあったが、少々うらぶれた小さな通り（当時、まだミラノの都心には、戦争の荒廃のあとを残す、そんな通りがいくつかあった）に面した、古い建物の三階だか四階だかにあった。せまい階段を上って行ったところのふつうの部屋に私たちを迎え入れてくれたのは、品のよい初老の女性だった。

「うかがってます」と彼女はにこやかに言った。「結婚指輪ですね。まず寸法をとりましょう。それから見本をえらんでいただきます」

なんとなくそれまで自分の描いていた「指輪を買う店」というイメージからほど遠いこの家のたたずまいに、私はどぎまぎしていた。この店を紹介してくれた友人のルチアがミラノの由緒ある家柄の出であることを、私はかねて聞いていた。彼女のお父さんがかなり名の知れた銀行家であることも知っていた。だが、それにしてはこの店の様子はいかにも地味だった。大聖堂の周囲には見るからにりっぱな貴金属店がいくつかあった。いっぽう、フォンターナ広場の界隈には、いかにもうさんくさい感じの宝石屋が何軒か軒をならべていた。しかし、この裏通りの、一見しもたやふうの店は、そのいずれの部類にも属していなかった。それに、この一見しろうとふうの女主人は、いったいどんな「種族」にはいる人なのだろうか。こういう店はもしかするとけたはずれに高いのではないだろうか。私たちの準備した金額ではたして間にあうだろうか。二人の指まわりの寸法を計るほんの数分のあいだに、私の不安はむくむくとふくれあがり、できることならその場から逃げ出したかった。

「では見本を見ていただきましょう」女主人は爽やかに言って、すぐにこうつけ加えた。

「でもご心配いりませんのよ。結婚指輪は結婚の準備でいちばんお金のかからないものなのですから。たとえばこの手のものですと……」

実際、その値段は私たちの想像していたのよりはるかに安かった。ほっとしたのと同時に、私は例のヨーロッパの秘密の部分の匂いをかすかながら感じとった気がした。この町の伝統的な支配階級の人たちは、表通りのぎらぎらした宝石店と、この女主人の店を見事に使いわけている。彼らの家には先祖代々の宝石類があるから、自分たちがふだん身につけるものは、こういう店でいろいろと手を加えさせたりするのだろう(ちょうど私たちが母の形見のきものを仕立てかえさせたり、染めかえたりするように)。ずっとあとになってから、やはりミラノの古い家柄の女性たちと、ある内輪の晩餐の席をともにしたとき、彼女らが、ある新興ブルジョワの家庭の度はずれた贅沢を批判しているのを耳にしたことがある。「だって、あそこでは始終〈B〉でお買物よ」〈B〉というのは、まさに大聖堂ちかくのぎらぎらした貴金属店の名だった。あたらしい貴金属を「始終」買うということはその家に先祖代々伝わったものがないからだ、と言わぬばかりの彼女たちの口ぶりだった。

ふたたびチェデルナの大伯母さんに話をもどすと、スカラ座の初日に彼女の胸をかざった真珠の首飾りについては長い話がある。はじめに引用した文章に出てくるポルディ・ペッツォーリ侯爵とは、大伯母さんの実の父親で(大伯母さんは侯爵の庶子だった)、おもてむきは洗礼の名付け親ということになっていた。ポルディ・ペッツォーリ家は今日そのまま美術館になっていて、スカラ座に近いミラノの中心街にある。チェデルナによると、これは侯爵が一八七九年（明治十二年）に遺言によりミラノ市に寄付したもので、彼が生涯をかけて蒐めた美術品に加えて、爾来、市が年々コレクションをうけついで現在にいたった。著名な評論家で美術蒐集家であったバーナード・ベレンソンによると、この美術館はロンドンのワレス・コレクション、ニューヨークのフリック・ギャラリーと共に（そして当然、ベレンソンは自分の居宅であったフィレンツェ郊外のヴィッラ・イタッティを数えていただろう）、「あたまを使って蒐めた」という点で、世界有数のコレクションのひとつに数えられるという。

カミッラ・チェデルナは幼いころ、先生に連れられてこの美術館をしばしば訪ね、ルネッサンス時代の宗教画や後期ロマン主義のステンド・グラスの絵に心を奪われた。なかでも彼女が友人たちの手前得意だったのは、カミッラ大伯母さんの死後、遺言によってこの美術館に寄贈された、例の真珠のネックレスであった。六連からなる、おそらくは胸たっぷりの長さのこの首飾りは、最初、美術館の金庫におさめられていたが、やがて補強されたガラス・ケースの中で展示される。しかし何年かたつうちに、いくつかの真珠が光沢を失いはじめる(チェデルナは、ここで"appassire"という、花などが「凋れる」という意味の言葉をつかっている。他でも耳にしたことのある表現であるが、うつくしいと思った)。真珠は人肌にふれないと徐々に死んでしまうというところから、美術館はついにこの貴重な首飾りを競売にかけ、あるアメリカ人がこれを買い(これはアメリカ人でなければ話にならない)、その売上金で美術館はヴェネツィア派のカナレットやグワルディの風景画を購入したというのが、話の落ちである。

宝石といえば、チェデルナはこの大伯母さんの名前をもらった関係で、やはり幼いころ、金のブレスレットを遺産としてゆずりうける。それはかなり目方のあるくさりで、小さな、やはり金で細工した南京錠がついていた。その錠にはからくりがあって、コトンとひらくと中から一連につながったまるい肖像画が出てくる仕掛けになっていた。そのひとつが「ひげをたくわえた、寛大なポルディ・ペッツォーリ侯爵の顔だった」。

大伯母さんの遺産はそれだけではなかった。彼女はスカラ座の由緒深い桟敷までうけついだのである。「一度も会ったことのない」大伯母さんの桟敷に彼女が行くようになったのは、まだ「ほんの子供だったころ」だとチェデルナは書いている。高いところにあったその桟敷から眺めると、舞台裏のいろいろなからくりがひと目で見渡せた。それがおもしろくて、少女はオペラ・シーズンの演目を一回も欠かしたことがなかった。とりわけ、場内の照明がしずかに消えてゆく、あの魔法の瞬間が彼女にはこたえられなかった。

「このようにして、歌劇の魅力が私の血のなかに溶けこんでしまった」とチェデルナは書いている。しかし、彼女がその桟敷を愉しんだのもさしてながいことではなく、やがてファシズム政権がスカラの座席を強制的に買いあげてしまう。だが、雀百までである。「いまでも私は、オーケストラの栗色、えんじ、うす茶のつややかな木楽器や、フリュートの銀色、光を反射する真鍮楽器のきらめきを見るたびに、感動せずにはいられない……」

一九二一年生まれのチェデルナが「ほんの子供だったころ」というのは、その後、まもなくだんの桟敷がファシスト政府に没収されたことと考えあわせて、おそらく一九三〇年代の前半、彼女が十二、三歳のころと考えてよいだろう。そんな小さな女の子が、人々に羨ましがられるスカラ座の桟敷を、会ったこともない大伯母さんの遺産として手にいれるだけでも夢のような話なのに、その子供がせっせとその桟敷にかよったという事実が、妙に私の心をうごかす。半蔵門の国立劇場に学校から引率されて行くのとは次元の異なった、個人的な選択を経た世界がそこにはあったように私には思える。自分の部屋で完璧なハイファイセットでオペラを聴いているティーン・エイジャー（そういったオペラ愛好者が最近とみに増加しているそうである）の経験するところとも、それはずいぶん異質なものだったろう。

おなじ本の中でチェデルナはこの華やかな貴族社会のいわば裏側に生きた人々についても書いている。なかでも印象に残ったのは、生前ピヌッチャとみなに呼び親しまれていた、ひとりの女性についての物語である（彼女のようなひとが、たとえば『失われた時を求めて』のオデットのように「裏側の社交界《ドミ・モンド》」の女性と呼ばれたひとなのだろう）。ごく幼いときに田舎から出てきて、若いころはお針子だったが、その「美しいからだを見込まれて」オートクチュールのマヌカンになり、やがてミラノの目抜き通りに高級婦人帽子店をひらく。その間、彼女はミラノのもっとも美しい、家柄からいっても資産の面からも最高級の地位にある男性たちの相手をし、彼女自身の言葉を借りると「みんなあたしが一人前にしてあげたみたいなものよ」というような関係を結ぶにいたる。底抜けにあかるく、底抜けに人がよく、それでいて、「たけだけしいほどの生活力」をそなえたピヌッチャは、彼女と親交のあった男たち――その中には映画監督のルキーノ・ヴィスコンティやフランコ・ゼッフィレッリなどの名が見える――に生涯愛されたばかりでなく、この人々の母親や妻までからも愛され、感謝されつづけたという。

ルキーノ・ヴィスコンティといえば、あるとき、彼がピヌッチャをココ・シャネルに紹介しようとする。ピヌッチャは、はずかしいからといって、ことわる。帽子デザイナーとしての彼女の才能をたかく評価していたヴィスコンティは、あきれたようにこう言った。

「とんでもないひとだな、きみは。あっちが天下のシャネルなら、きみも天下のピヌッチャじゃないか!」

人々が帽子をかぶらなくなって店がさびれた晩年、ピヌッチャはある貴族の家族に頼まれて、寝たきりの老婦人のお相手をつとめて、十八年間その家に住み込んだ。彼女があっけない病気で死んだとき、その家族は彼女を悼んで、ピヌッチャが生前愛したカトレヤの大きな花輪で彼女の棺をかざったという。プルーストのオデットにとっても特別の意味をもっていたカトレヤをここで用いたのは、チェデルナの虚構なのだろうか。それともほんとうにピヌッチャが好きだったのだろうか。

多くのひとから愛されたロジーナという名の娼婦がレジスタンスで命を落としたとき、彼女をかつて知っていたミラノ中の男たちが葬列につらなった、という感傷的でうつくしいミラノ方言の歌がある。ピヌッチャの物語を読んで、私はなんとなくその歌を思い出した。

もうひとり、夫が死んでしばらくのころ、ある日、ミラノの中心街で、ふと寄った菓子店のレジにいた女性を私は思い出した。買物をすませた私にその女性は、失礼ですけれどと夫の名を言って、私が彼の妻ではないかとたずねた。夫の勤務先の書店はそのすぐ近所だったので、その辺りで彼を知っている人は多かった。私がうなずくと、彼女の目はたちまち涙でいっぱいになった。まだお若かったのにあんなに急に亡くなるなんて、と彼女は言った。いい方でした。私はほんとうによくしていただいた。一度あなたにお目にかかってそれを言いたかった、と。老女と言ってよい年頃のその女性の言葉はどういうことか悲しみにあふれていて、私には思いがけなかった。どこかで心のよりどころにしていた人をうしなった女のせつなさをふと感じて私はほとんどとまどった。どんな経歴のひとだろう。夫はどんなことで彼女の相談にのってあげたのだろう。なぜか波風の多い過去を思わせるような、なにか裏側に生きたひとの匂いのする彼女の染めた髪を見ながら、私は考えた。

カミッラ大伯母さんと、スカラ座と、真珠の首飾りと、私の結婚指輪と。そして、ピヌッチャとお菓子屋のレジの老女と、チェデルナの本を読んでいて、もう二十年もまえになるミラノ時代のことを、つぎつぎと思い出した。ミラノでいろいろな折に知りあった人々が、そのときの情景が、はっきりと記憶に戻った。チェデルナの描く人々が、私の記憶の中の人々とまじりあって、世にもなつかしいあの人間特有の匂いを発散していた。

プロシュッティ先生のパスコリ

最初イタリアに着いたのが八月十日だった。一九五三年のことである。平安丸といったか、日本郵船の、貨客船という荷物が主で客が従になった（従も従、船員五十人にたいして船客は四人だった）船でジェノワに入港したが、ちょうど下船する時間になって、猛烈なあらしに見舞われた。雷鳴がとどろいて、ジェノワの背にある山々があっという間に暗雲におおわれて見えなくなった。下船はしばらく待ってくださいと言われ、私たちはなすすべもなく、あらしの中のジェノワを見守っていた。しかし、まもなく晴れあがり、はじめて案内されたジェノワの市街は、雨に洗われてキラキラかがやいていた。神戸を発って四十日目のことだったから、なおさら街を歩くのが新鮮に感じられた。はじめてのヨーロッパは、なにもかもめずらしかった。

秋から冬をパリ大学で比較文学の講義を聴いた。受講要項のようなものを読んで驚いたのだが、比較文学の学生はフランス語のほかに、少なくとも二カ国語、ヨーロッパの言葉を習得しなければいけなかった。それで、ヨーロッパで二番目の夏は、ペルージャの外国人大学に行って、イタリア語を勉強したのだが、そこで、はじめてイタリア語をならうというのに、初級でなく中級に入れてもらった。いきなり中級には入っていけないという規則がそのころはなかったし、語学の初級というものは、どの国の言葉でもおそろしく退屈で、たいていは初級でつづける勇気がくじけてしまう。イタリア語がそうなったらたいへんだと思い、それならちんぷんかんぷんでもいい、あとで努力をして追いつく苦労のほうがましだ、というのが私なりの性急な論理であった。

さいわいなことに、中級の生徒は文学の講義にも出られた。文学といっても、簡単なイタリア文学史の講義で、教師はプロシュッティ先生という、恰幅のいい中年の紳士だった。プロシュットというのはイタリア語でハムのことだから、学生たちはみな、おかしな名前だとうわさした。当時にしてはめずらしい、ピンクのワイシャツを着ておられて、それも学生たちのうわさの種になった。いろいろな国から集まった学生で、おたがい片言のイタリア語しか話せなかったから、話題といってもそんな程度のことだったのである。

先年、ペルージャを三十年ぶりだったかに訪れて、プロシュッティ先生がその年の春に亡くなったと聞いた。もう一度、お目にかかりたかったと思った。その大学で、私は戦後はじめての日本人だったこともあって、プロシュッティ先生にはかわいがっていただいた。これといった特徴もない、平板な文学史の講義だったと思うのに、いまでもレオパルディや、カルドゥッチ、パスコリを読むと、辞書を、それも手のひらに入るようなラルースの伊仏辞典をひきひき、たどたどしく読んだペルージャのころの記憶が鮮烈によみがえる。ものうい夏の午後、天井のたかい教室で、中世からルネッサンスへと推移して行く文学の過程を説明する先生のイタリア語を一生懸命に理解しようとして、また時には睡魔とたたかいながら聴いたのだったが、なぜか、詩に関するところだけを断片的に、しかし鮮明におぼえている。

プロシュッティ先生のおかげもさることながら、私が勉強したころのペルージャがまだ緑の田園にかこまれていて、学校でならう一九世紀の詩人たちが好んでうたった風景が、そっくりそのままあったことも、これらの詩人が私のなかに深い軌跡を残した理由のひとつに違いない。ペルージャの丘を海原のようにとりまく田園を耕していたのは、一九世紀の文豪(彼にはこの言葉のもつ巨人的なひびきが、よい意味でもわるい意味でもふさわしい)ジョスエ・カルドゥッチの有名な抒情詩に出てくる、角の大きく曲った、白い、ゆったりとした牛の群れであった。後年、ローマに留学したときも、何度かウンブリアやトスカーナ地方を訪れたけれど、そのたびに畑の白い牛を見ては、ああイタリアに来たな、と思ったものである。一九七一年の春、ながいイタリア滞在に終止符を打って日本に帰るときまってから、復活祭のころにふたたびトスカーナからウンブリアの地方を数人の友人たちと旅行した。ふと、あの白い牛が見えないのに気づき、畑に牛がいないと言うと、同行の日本の友人が、いやだ、牛なんて私がイタリアに来てから見たことないわよ、と言ったので驚いた。彼女はその三、四年まえからイタリアに滞在していたからである。

トスカーナをうたったカルドゥッチより、一九世紀のロマン派詩人ジャコモ・レオパルディの詩にでてくる田園風景はもっとウンブリアのそれに近い。レオパルディはウンブリアと境を接するマルケ地方のレカナーティに生まれ育った。行ったことはないけれども、彼の詩によまれた、うねるように続く山また山の景色は、ペルージャやアッシジの丘に立つと、容易に想像できる。この地方にとってはごく日常的な景色でありながら、なお深くこころを動かす眺望が、レオパルディの詩にはよく使われている。大学の昼休みに、喧噪にみちた学生食堂を避け、パンとハムを買って、そんな丘のオリーヴ畑にひとりすわっていたこともあった。オリーヴの木かげには飼料用の豆科の草が繁っていて、紫や、うす桃色の花が風に匂った。ある夜、友人に誘われてポルタ・サンタンジェロという、古い城門を出たところにある見晴台のような場所に行ったことがある。月のない闇夜だったが、いちめんに蛍がみだれ飛んでいて、そのおびただしい数に気おされて、追う気にもなれなかったのを思い出す。「大熊座の星がひそやかに燦めき」という句ではじまる、《追憶》と題された詩では、窓辺にあって、遠くの畑から聞こえてくる蛙の声や、生垣の花のうえを飛びかう蛍に、少年の日を追憶する詩人のすがたが描かれている。おなじ詩に「匂いたちこめる並木道」とあるのは、下宿の部屋の窓から入ってくる、並木道の菩提樹の花の薫りにぴったりと合わさった。パリからペルージャに着いた日、この薫りが小さな町ぜんたいに漂っていて、むせるような、とはこんなことかと思ったものだった。ほとんど目に見えないところで咲いているこの花の匂いは、記憶の中でだんだんと凝縮され、象徴化されていって、もうおそらく、たとえなにかの魔法で一九五四年六月三十日のペルージャに戻ることができても、あれとおなじ匂いに再会することはできないだろう。昼下がりにタクシーで駅から着き、フイオレンツォ・ディ・ロレンツォ通りのカンパーナ家の前に立ち、三階の窓からのぞいた小母さんに（その時間帯が、イタリアでは午睡のときだということさえ私は知らなかった)、パリでおぼえてきた、たどたどしいイタリア語で名乗りをあげていた自分がすっぽりと包まれていたのも、あの薫りだったし、その夕方、大学に学生登録をしに行く長い道すじに、そして夕食後、スクーターの音がうるさくて眠れないあの寝室に入ったとき、部屋いちめんにたちこめていたのもあの薫りだった。このようにしてレオパルディの「匂いたちこめる並木道」は、イタリア語をならいはじめたばかりの私をしっかりと捉え、私の内部にじわじわと浸透していったのである。

もうひとつのレオパルディの風景を、昨年の夏に見つけて私は驚いた。トスカーナの北東部にある、ルッカという古い町を訪れた日のことである。昔からの農産物の集散地だったが、とくに今世紀のはじめに繁栄の日々をもったということで、豊かな都心の町並には、一九二〇年代の、いわゆるアール・ヌーヴォー様式の店構えが目立ち、それがルネッサンスのフィレンツェに慣らされた目にはめずらしく、新鮮だった。大聖堂が町の中心を少しはずれた城壁近くにあるのも、多くの都市とは違っていて、もっとこの町のことを知りたいと思ったりしながら、道から道へと歩いて行った。古い城壁にかこまれた都市に共通の、ごちゃごちゃと曲りくねった道を通って、ある角を折れたところで、あっと思った。低い、これといった特徴のない家の二階の窓の、半開きの鎧戸の陰で、若い娘さんがひとり、刺繍をしていた、それはそのまま、これもイタリア人ならだれでも知っている、レオパルディの《シルヴィアに》の一節であった。

余念なく機《はた》にむかっていたあなた、
胸にえがいた美しい未来に、あなたの心は
やわらかく満たされていた。

ここでは、「機」と訳したが、原文では"lavori femminili"（おんな仕事）とあり、いろいろな注釈を読むまで、私は針仕事を想像していた。それもただの縫物ではなくて、刺繍と思いこんでいたのは、やはりウンブリアの小さな町からローマに勉強に来ていた友人のルイーザからこんな話を聞いたことがあるからである。ルイーザのお祖母さんが娘だったころ、当時の習慣にしたがって、お嫁入り道具の重要な品目のひとつであるシーツやテーブルクロスなどのいわゆるリネン類を自分で準備していた。だけどなかなかよい相手にめぐりあわなかったものだから、いくつもの長持が準備した品物でいっぱいになってしまった、というのだった。事実、彼女の家に泊まったとき、白い麻地に白い糸でイニシャルを刺繡したうつくしい「お祖母さんのリネン」が、私のベッドに使われ、洗面所に用意されていたのである。いま、考えてみると、この「準備した」という言葉の中には、当然、糸つむぎ、機織も含まれていたのを（私の姑も、八十すぎの晩年に使っていた何枚かの皿ふきんは、自分で紡いで織ったシーツのなれのはてだと言って笑っていた）、私は漠然とあの美しい花文字を刺繡したルイーザのお祖母さんのリネンから、刺繡だけに限定して解釈してしまったのだった。二〇世紀の詩人、ウンベルト・サバにも、窓辺で針仕事をしながら恋人を待っている女性をうたった作品がある。のちにサバの妻となったひとはもとお針子さんだったから、この場合はただの縫物だったのだろう。

レオパルディには、また、《村の土曜日》という作品がある。日が沈むころ、少女が畑から帰ってくる。野菜の束を頭にのせて、いつものように、日曜日、胸と髪にかざるため薔薇と菫の小さな花束を片手にもって……そして、近所の女たちと家の戸口にたむろして糸を紡ぐ老婆、貧しい食卓について翌日の休日に思いをはせる農夫。だれもが、一週間の労働を終えて、ほっとしている。その一節にはこうある。

いま、鳴りわたる鐘が

祭日の来たことを告げる。

キリスト教の慣習では、祭日は前日の夕方からはじまることになっている。二十数年まえまでは、大きな祝日の前日は断食をするのが掟だった。一番星が出たら断食日が終るので、貧しかった子供のころ、星の出るのを待ちわびた、と話してくれたのは南伊アブルッツォの山村で育った友人だった。断食の終りを告げ、祝日の到来を告げて、教会の鐘はわざを競って打ち鳴らされる。これも、ペルージャで勉強していたころのある土曜日の夕方、いやひょっとしたら、八月十五日、聖母被昇天祭の前日のことだったかもしれない。友人の運転する車で、たぶんアッシジからの帰りだったと思う。ペルージャの丘の最後の登り坂の中腹にある教会にさしかかった瞬間に、その鐘は鳴りはじめた。いきなり、だった。おもわず見上げたロマネスク様式の鐘楼に、私はほんとうに不思議な光景を見た。一人の男が、たしかに両手と両足を使って、踊るような、まるで宙を泳ぐような格好で、夕日をいちめんに受けた鐘楼の大小さまざまな鐘の下の、横にわたした止まり木のようなもののうえで動いていた。その姿を私が見たのは、たった一瞬のことに違いなかったのだが、いまでも目をつぶると、あの男と、そのからだ全体から湧きでるような、寄せては返す波のように、幾重にも織りこまれ、また四方にむかってばらまかれる、あの祝日を告げる鐘の音が心に浮かぶ。暮れなずむ遠い平野を覆う薄紫のもやの色といっしょに。

もうひとり、ペルージャのプロシュッティ先生の講義に出てきた詩人に二〇世紀初頭に有名だったジョバンニ・パスコリがある。パスコリはさきに挙げたジョスエ・カルドゥッチの弟子で、師の没後、そのあとを継いでボローニャ大学のイタリア文学の教授になった。イタリア統一後の国民的詩人として敬愛されたカルドゥッチの後継者に選ばれることは、当時としては息のつまりそうな栄誉であったらしく、彼の承諾を慫慂する大学総長の書簡は感動をさそう。

「親愛なるパスコリ、単刀直入に聞く。もし君がカルドゥッチ君から直接、ボローニャ大学のイタリア文学正教授のポストを継ぐように選ばれたとしたら、君は任命およびポストを受諾するだろうか。条件だの躊躇だのと言わずに、ただ簡潔に諾否をこたえてもらいたい」

南伊マテーラの高校教授をふりだしに様々なポストについて苦労し、その当時はピサ大学の教鞭をとっていたパスコリは即座に承諾し、少年時代から目をかけてもらった、そしていまは死の床にある恩師カルドゥッチに会いに行く。

これらのことがあったのは一九〇六年ごろだから、プロシュッティ先生は生まれておいでだったとしても、まだ西も東もわからないお年だっただろう。一九六五年に八十九歳で死んだマナーラ・ヴァルジミーリという古典学で大きな足跡を残した人が、パスコリの十七歳年下で、おなじボローニャ大学出身であるが、カルドゥッチやパスコリの栄光に満ちた教授時代の神話の数々を『わが時代の人々、作家たち』という本に書いている。それによると、「カルドゥッチやパスコリを見かけたことがあるというだけで、話の種になった」そうである。今日でもボローニャ大学のイタリア文学科（国文科と言うべきだろうか）が権威とされるのは、この二人の詩人がその教壇に立ったからである。

そんなパスコリに《八月十日》という詩がある。私がイタリアにはじめて着いた日が八月十日だったから、まず、この題が私の注意をひいた。しかし、内容はドラマチックで、詩人が十歳のときに暗殺された父親を偲んだものであり、ドラマチックな要素がイタリア人の趣味を支配した一九世紀以来の伝統にしたがって、パスコリの代表的な作品のひとつとされてきた。パスコリは厖大な数の作品を残して、一九一二年に五十七歳で没したが、それ以来、彼の詩は、ロマン主義の流れを多分に汲む一種の世紀末風の感傷性のためもあって、多くの人々に愛され、とくにしばしば子供がテーマに扱われているところから、小中学校の教材に用いられた。ところが、その同じ理由のために、近年に到り、かえって忌避される結果となったが、最近、あたらしいアプローチが試みられ、彼が一九二、三〇年代の詩人たちに与えた影響をもふくめて、一見伝統への忠実をよそおうかにみえながら、作品が予期に反して大胆な実験的要素をはらんでいる点などが、再評価されるようになった。とくに大自然の繊細な表情を、しばしば意表をつく擬音語などを用いて瞬時的に捉える、一種の象徴主義風な、新鮮で特異な抒情性は、もっと検討されてよいと言われる。

《八月十日》は、ある年齢以上の人なら幼いとき教室で勉強し、あるいは家で母親がくちずさむのを聞いて、その感傷的なストーリーに感動したのを、いまはなにやらうしろめたい気持で思い出し、そのためもあって、近年はとかく敬遠されがちな作品である。私のイタリア語の勉強にとっての幼年時代を与えてくださったといえるペルージャのプロシュッティ先生も、ご多分にもれずこれを暗誦して聞かせ、おそまきながら、われわれ薹《とう》のたった生徒たちに、イタリアの学童の体験を分け与えてくださった。その証拠に、私なども「いまさらパスコリでもなかろう」というような、多くの同時代のイタリア人の通過した反抗期を経たうえで、今日の再評価に到ったのであり、その点でもプロシュッティ先生への感謝はつきない。

　さて、話を《八月十日》に戻そう。「聖ロレンツォ！」という呼びかけでこの詩ははじまるが、それは教会暦によると、聖ロレンツォというローマ時代の殉教者の祝日が八月十日で、パスコリの父親が暗殺されたのが、ちょうどその日にあたっていたのである。日本でもお盆の周辺には、天神祭、七夕、地蔵盆など、縁日めいた行事などが多いけれど、イタリアでも八月十五日の被昇天祭を中にはさんで、土地によって違うけれどもいくつかのお祭がある。聖ロレンツォもそんな祭日のひとつで、なんでも聖ロレンツォという人は、網にのせて焼き殺されたので、その日は一年でもっとも暑い日と言われる。

　さて、パスコリの詩は、「聖ロレンツォの日には流れ星が多い、どうして天がそれほどに燃える涙を流すのか」という調子ではじまり、第二節からは子ツバメのところに昆虫をくわえて飛んでゆく途中人間に殺され、茨の藪に落ちた親ツバメの話が語られる。藪に落ちたツバメの翼は十字架にかけられたように、左右にひらいている。原文はただ、「いまは十字架にかけられたように」とだけあるのだが、プロシュッティ先生は、キリストの十字架と、羽をひろげて死んでいる鳥の姿を、ご自分でも両手を左右にひろげて説明された。子ツバメに餌を運んで巣にもどる途中で殺された親鳥のイメージは、当然、第四節以後、仕事の帰途なにものかに銃撃されて死んだパスコリの父親の物語につなげられる。

みひらいた目には、叫びが残り、
むすめたちへの人形が、ふたつ……

家ではパスコリの小さな二人の妹たちが、お父さんが買って帰ると約束したおみやげの人形を待ちわびていた。特定の性格をもった一連の事実をうまく組み合わせればメロドラマは完成する。それにしても、このパスコリの物語の一九世紀的なトポスの選択の正確さは驚くほどである。メルロ・ポンティがコレージュ・ド・フランスで講義をし、カフェ・フロールでサルトルが読書していたパリで、夢中になって戦後のヨーロッパを追っていた私は、ペルージャで小地主の未亡人の家に下宿し、ヴィア・デル・パラディーソ(「極楽通り」と言ってしまうと、なにか京都あたりの町並を想像してしまうが、この通りはなんと、片側の高い石塀に蔓草の繁った、せまくてほそい石段の名称だったのである)などという浮世ばなれのした名の道を学校に通い、プロシュッティ先生のオペラ風のパスコリに、不思議な魅力を感じてのめりこんでいったのである。そんなふうにして私のイタリアとの対話ははじまった。

下宿先のカンパーナ家では、おそい夕食のあと、テラスに出てなんとなく話しながら夜の時間を過すことがあった。なぜか思い出すのは月のない夜の光景ばかりで、暗いテラスで、カンパーナ夫人、長男のジャンカルロ、ローマに嫁いでいる次女のリッリ、それにお手伝いのレティツィアなんかが、親類のこと、麦や葡萄の今年の作柄のこと、近所の人のことなど、とりとめもなく話している。私にはわかる部分もありわからぬ部分もありで、ジャスミンの薫りが階下の中庭からつよく匂ってくる暗闇で黙って聞いている。

そんなある夜、ルシニョーロ、すなわちナイチンゲールを聴こうということになって、眠いのを我慢してみなで待ったことがあった。聴きたい、と言いだしたのは、私だったと思う。英文学を勉強した大学生のころ、いろいろな詩で読んだ夜鳴鶯というものを、一度聴いてみたいと言ったら、今晩あたり起きて待とうということになったのだった。しかし、その待つ時間のなんとながかったことだろう。もうあきらめて寝ようと、なんども言っては、まあいままで待ったのだから、もう少し、もう少しということで夜は更けていった。ほんとうに諦めたところ、それは午前二時ごろだったと記憶している。遠くのほうで、思いがけなく高い、震えるような声が空中に湧きおこり、消えるかと思うと、またつづいた。それは哀しみとも、歓びともつかぬ、なんとも神秘的な声で、かなりな時間、澄んだ夜気をつたわって響いた。いまもあの夏の夜のことをときどき思うのだが、あのとき、ほんとうにルシニョーロの歌を聴いたのかどうか、ひょっとしたら眠さのあまりの幻聴だったのではないかと思えるほど、あの声はこの世のものならぬ響きをもっていた。

パスコリの詩に《アッシオーロ》というのがあって、これも鳥の名である。トスカーナ地方の方言で、ミミズクのことらしい。三十年ほどまえ中目黒に住んでいたころ、近所の八幡神社の森でよくフクロウが鳴いたが、中部イタリアのトスカーナやウンブリア地方には、このたぐいの鳥が多いらしく、先に書いたなかなかお嫁に行けなかったリネン持ちのお祖母さんがいた友人のルイーザが、あるとき、「夏、窓のところに来て、フゥーッ、フゥーッって鳴く鳥、知ってる?」と寮の友人にたずねまわっていたことがある。バルバジャンニという鳥だそうで、辞書をひくと、メンフクロウとある。イタリア語の名は髭のジャンニという意味だから、隈どりをしたような、お面をかぶったような、滑稽な面相の鳥なのだろう。その鳥を知っているとこたえたのは、やはりウンブリア出身の女子大生だった。パスコリの詩の中のアッシオーロは、バルバジャンニのように人をからかうような鳴きかたはしなくて（それとも、鳥に罪はなくて、その話をしてくれたルイーザの主観なのかもしれないが）、パスコリらしく、淋しく、ただ、キウ、とだけ鳴くらしい。

月はどこだっけ？　明けゆく
真珠色のなかで、空はたしかに見えていた。
アーモンドとリンゴの木が、もっとよく見ようとして
すらりと伸びたかにみえた。
ずっとむこうの雲の暗さから
稲妻が風に乗ってくる。
そのとき、野良から声がひとつ。
キウ……

翻訳ではわからないが、八つの九音節行三節からなる短い詩で、最終行はこの、眠りを奪われた孤独な魂にも似た鳥の鳴き声の擬音だけである。九音節行がつづいたあとで、ふしぎな二重母音の「キウ」とだけ、投げだされたような音が、こころに沁みる。キウ、と

いう軋しむような音が、死への思いと、つめたい田園の朝の空気のなかで、重なる。パスコリの傑作のひとつだとジャン・フランコ・コンティーニはこの作品を評している。一九三二年にピエトロボーノが編集したパスコリ選集にはのっているが、ペルージャのプロシュッティ先生の講義には出てこなかった。

「ナポリを見て死ね」

丘のうえに松の木が一本ある。ずっと向うに、海をへだててヴェスヴィオ火山が見える。白黒写真のそんな絵はがきを父からもらって、ながいことなくさずに持っていた。小学校一年のとき、父が洋行の旅先から送ってくれたものである。自分と妹の名でもらったことが、しかもそれがふだんはいっしょに暮らしている父から来たことがめずらしく、うれしかったのを覚えている。何度もどこかにしまい忘れては、また出てくる、というのを繰りかえすうちに、見えなくなった。それでも棄てたはずはないから、どこかの引きだしに古い手紙にまじって、いまでもあるのだろう。その絵はがきの裏には、角のとれた、かたちのいい、大きな父の字で、「ナポリを見て死ね、という言葉があります」とあった。もっとほかにも書いてあったのかもしれないが、それは忘れてしまった。

どうして「ナポリを見て死ね」というのか、小学一年生には皆目わからなかった。丘のうえの松の向うに見えるヴェスヴィオ火山は、いま考えると、なんとなく三保の松原から眺めた富士山といったていで、なんの変哲もないが、からかさのような松のかたちは印象に残った。

それから何年かたって、『ポンペイ最後の日』というような題の映画があったと思う。私はもう小学校三年くらいになっていたのだろうか。母がそのころ早稲田の学生だった叔父と、その映画について話していたのを横で聞いていた。二人ともそれを見たのか、叔父だけが見たのか、記憶にない。火山が噴火して、あっという間にひとつの町が灰と溶岩に埋もれてしまったのだという。「あっと言ったなり、そのまま埋もれてしまう。こんなかたちで」と言って、叔父は両手をのばしたまま、うつぶせに倒れる格好をしてみせた。麻布に住んでいたころで、父の好みで買った長火鉢の横だった。母は怖がりのくせに、怖い話が好きで、うれしそうに聞いていた。そのころに、ポンペイというのが、ナポリに近い場所だと聞いて、なんと私のあたまのなかでは、「ナポリを見て死ね」と『ポンペイ最後の日』がいっしょになってしまった。

それからもナポリという町の名は、いろいろな機会に私のなかを横切っていった。外国文学を専攻するようになったとき、私の日本語が貧弱になるのを恐れた父が、繰りかえし読むように言った『即興詩人』にも、ナポリは拿破里という漢字をあてられて、重要な背景になっている。原著者のアンデルセンが、あかるい太陽と雑踏と恋の町として、ロマン主義時代の北欧人らしい憧憬をもって描いたナポリは、これを読んだ当時の日本人にどれほど夢をあたえたことだろう。「ナポリを見て死ね」と六歳の娘に書き送った父の心中には、橄欖《かんらん》と柑子《こうじ》の繁る(もちろんアンデルセンのではなく、鷗外の)「南の国」をとうとう目のあたりにした感慨があったはずである。

ずっとあとになってから十年余をイタリアで暮らしたあいだは主に北伊に住んでいたので、私はナポリに接する機会をほとんどもたなかった。ナポリ出身の友人たちは何人かいて、彼らの歌うような強いなまりは、口の重い北のロンバルディア人にくらべて、そのレトリックの多い語り口や饒舌とともに印象には残ったが、ナポリについての決定的な認識を私に提供してくれたわけではなかった。北イタリア出身の夫と日本を訪れたときも、イタリアの話がでるたびに、まだナポリについて目をかがやかせていた父に、私たちはあまり満足のゆく情報を提供できなかったように思う。

そんな歳月のなかでも、一度だけ、私たちは夏休みをソレントで過したことがある。『帰れ、ソレントへ』の甘いメロディーで（歌の中で、ソレントは方言で「スゥリエント」というふうに発音されていて、それがまた独持の官能的な雰囲気を出している）、日本にも名を知られているこの町は、ナポリの百キロほど南にあって、私たちはレモンの木立にかこまれた、町はずれの小さなペンションに滞在した。カプリ島や、鷗外が琅玕洞《ろうかんどう》と訳してその魂を奪う美しさをよく伝えた、グロッタ・アズッラ（紺碧の洞窟）への小旅行を愉しみ、町の周囲の丘をおおうオリーヴや柑橘類の林などに感嘆はしたが、言葉がわかるという違いはあっても、根本的には父のナポリと大差のない観光客としての、いかにも抽象的な接触に終った。

一九八三年の早春から夏にかけての数ヵ月をナポリの大学で過すことになって、何人かの日本の「ナポリ体験者」から、いろいろな「実話」を聞かされ、こまごまとした注意を受けて、すこし緊張してナポリの飛行場に着いた。家が見つかるまでの最初のひと月は、繁華街の近くの警察署（パトロールカーのサイレンで夜中になんども目が覚めた）や市役所や中央郵便局にかこまれた二流のホテルに宿をとった。大学まで歩いて十五分くらいだったが、近道だと教えられたのは三年まえの地震のあとまだ修理の終ってない、鉄の足場で支えられた古い建物のあいだをくぐりぬけて行く、長雨と清掃業者のストライキで汚れきった道だった。たえず足元に気をつけながら通ったみじめな行き帰りに、私は父の「ナポリを見て死ね」も忘れていた。そして、ホテルから五十メートルも離れていないヴィア・ローマが、実は犯罪を犯して逃亡中の『即興詩人』アントニオを迎えた「トレドの街」、すなわち五十年ほどまえまではトレド街と呼ばれた（そしていまでも古いナポリ人はトレドと呼んでいる）、目抜き通りであることも気づかなかったほど、私はこの都会に慣れる作業に没頭しきっていた。

「夕に拿破里に着きぬ。トレドの街の壮観は我前に横はりぬ。硝子《ガラス》燈と彩《いろど》りたる燈籠《とうろう》とを點じたる店相並びて、卓には柑子《かうじ》無花果《いちじく》など堆《うずたか》く積み上げたり。道の傍《かたへ》には又魚蠟を焚《た》き列《つら》ねて、見渡す限、火の海かとあやまたる。両邊の高き家には、窓ごとに床《ゆか》張り出したるが、男女の群のその上に立ち現れたるさまは、こゝは今も謝肉祭《カルネヴアツレ》の最中にやとおもはるる程なり。馬車あまた火山の坑《あな》より熔《と》け出でし石を敷きたる街を馳《は》せ交《か》ひて、間々《まゝ》馬のその石面の滑《なめらか》なるがため躓《つまづ》くを見る。小なる雙輪車あり。五六人これに乗りて、背後には襤褸《つづれ》着たる小児をさへ載せ、又この重荷の小づけには、網床めくものを結び付けたる中に半ば裸《はだか》なる賤夫《ラツツアロオネ》のいと心安げにうまいしたるあり。挽《ひ》くものは唯だ一馬なるが、その足は駆足《かけあし》なり。一軒の角屋敷の前には、焚火《たきび》して、泅袴《およぎばかま》に扣鈕《ボタン》一つ掛けし中単《チヨキ》着たる男二人、對《むか》ひ居て骨牌《かるた》を弄《もてあそ》べり。風琴、「オルガン」の響喧《かしま》しく、女子のこれに和して歌ふあり。兵士、希臘人、土耳格《トルコ》人、あらゆる外国人《とつくにびと》の打ち雑《まじ》りて、且《かつ》叫び且走る、その熱鬧雑沓《ねつたうざうたふ》の状、げに南国中の南国は是なるべし。この嬉笑怒罵の天地に比ぶれば、羅馬は猶幽谷のみ、墓田のみ」

（森鷗外訳『即興詩人』）

これは『即興詩人』の一部、主人公のアントニオがはじめてナポリの地を踏んだときの情景であるが、当初私の目にうつったこの町はもっと灰色で、もっと悲しげだった。『即興詩人』は一八三八年ごろにアンデルセンがはじめてイタリアに旅行したときの感激から生まれた作品と言われるから、ここに描かれたナポリは、いまから百年とちょっとまえのものということになる。紀元前から一九世紀までのあいだに、ギリシア、ノルマン、ローマ、フランス、スペインなどつぎつぎと「外国」に統治されたナポリは、さらにブルボン王家、ついでナポレオンの弟、ジョセフ・ボナパルトの手にわたった後、この小説の書かれた当時は、ふたたび返り咲いたブルボン王家の、フェルディナンド二世の治世下にあった。この統治者は、一方は保守反動の鬼のように言われているが、他方では都市の近代化に力をいれ、工業を振興し、ナポリ最初の鉄道を開いた人物でもあるらしい。すなわちアンデルセンの訪れたナポリは、少なくとも施政者側から見て、資本主義的な体制に移行しようとしていた時代の、活気に満ちた都市だったのだろう。北欧人のアンデルセンの目に誇張があるとしても、右に引用した巷の情景からは、しかし、近代化の影は察知できない。事実、数度の外国軍による占拠の経験から、ナポリ人は政治を信用せず、いかなる政府にも協力しないのがならわしとなったという。彼らはたえず活気にあふれてはいるが、それは今日の、あるいは明日の希望に裏打ちされた活気ではけっしてなく、彼らの血のなかを連綿と流れる、なにか不思議な自然の精気のようなものによるのに違いない。

ひと月のホテル住いのあと、私は運よく大学から歩いて三分ほどのところに、アパートを借りることができた。ナポリ大学の若い研究者がふだん勉強部屋に使っている家をあけてくれたのだった。少なく見積もっても二百年くらいは経った建物の（エレベーターなしの）五階にあるそのアパートメントは、せまいながらも一応なにもかも揃っていて、趣味のよい現代風の家具も、ひろびろとした寝室兼書斎も、天窓のついた、せまいけれどもあかるいキッチンも、すべて気に入った。なによりもよかったのは、部屋をふたつ併せた面積より広いくらいのテラスが二面にあって、いわばナポリの山手にあたるヴォメロの丘とナポリ湾がそれぞれの方角に一望に見渡せることだった。晴れた日には、カプリの島までが遠くに浮かんで見えるということで、こんな贅沢な眺望を、数ヵ月とはいえ、一応わがものと呼べるのが、叫びたいほどうれしかった。

しかし、気のきいた家具も、すばらしい眺望も、さして重要でなくなるくらいすばらしいのが、家のある場所だった。

ナポリ、あるいは語源のギリシア語ではネアポリスという名の都市ができたのは、紀元前二〇〇年ころと考えられている。それまでにもすでに存在したギリシアの植民地だった町を「古い都市」パレアエポリスと呼び、それにたいしてネアポリス、すなわち「新しい都市」と名づけたのである。そのころ、現在のナポリの中心を東西に走る三本の道路、アンティカリア通り、裁判所通り（トリブナーレ街）とスパッカ・ナポリが、当時の都市計画によって、目抜き通りとして設計されたものという。私のアパートメントは、この三本の道路のなかでもっとも有名な三番目のスパッカ・ナポリにあった。

スパッカ・ナポリという名の通りは、一九四七年に書かれたドメニコ・レアの同名の小説で有名になったが、ナポリ人の心のなかにいろいろな色合でしっかりと根づいている、活気にあふれた、世にもおかしな通りなのである。そこでは、人間とそのあらゆる営みが四六時中、あらゆる種類の不協和音を奏でながら同時進行をつづけている。スパッカ、というのは「まっぷたつに割る」という意味の動詞である。「二分する」といった漢語的な語感ではなくて、ちょうど薪をぱあんと割るように、「まっぷたつ」なのである。だからこの通りの名は、「ナポリまっぷたつ」とでも言えばよいのだろうか。「スパッカ」という音には「ばっさり」というような小気味よさと庶民的な響きがある。古代からの三本の道路の中央に位置していて、ナポリの歴史的都心を東西に分断している。

ナポリとナポリ人が好きだった夫が生きていたころ、そのスパッカ・ナポリが、どれほどナポリの庶民精神を典型的に映しだしているかという話を再三聞いたことがある。そんな話のひとつの主人公は、この通りに住んでいたあるオバサンで、彼女は毎朝、ガタガタになった古椅子を一脚、自分の家のまえの通りの中央に運びだして、それにドッカリと腰をおろす。当然、そこで私は、おしりもなにもすべて豊満で巨大な中年の女性を想像するのだが(もちろんそれはソフィア・ローレンでもいい)、スパッカ・ナポリは幅四メートルほどの、かなりせまい道なのである。オバサンがすわると、自動車はともかく、トラックは絶対に通れない。そこでオバサンは、私設通行税を徴収するというのだ。

トラックがやってくる。オバサンがすわっている。運転手は警笛を鳴らすが、オバサンは磐石のごとく、びくともしない。「ここはアタイの家のまえだもの、ここにすわっていてなにがわるいのさ」というのが、オバサンの論理だそうである。運転手とオバサンはそこでえんえんと議論をたたかわす。そして、結局は「いいよ、どうしても通りたいのなら、アタイを轢いて行きな」とガンバリ通すオバサンが最後の勝利者となり、運転手はなにがしかの金額——それは、現在の私たちの金銭感覚からいって、たとえば十円くらいの、まったくの小銭なのである——を支払って通してもらうことになる。驚いたことには、近所の人とか、辺りにいる人は、それを当然、オバサンの生活手段として、この行為を認め、ウマイことを考えたと羨望は覚えても、けっしてこれを阻止あるいは軽蔑さえすることはないというのである。

ミラノにいてこの話を聞いたときは、まさかと思った。ところが、スパッカ・ナポリに五ヵ月住んでみて、納得した。そればかりか、こんな話は、スパッカ・ナポリにかぎらず、この都市の庶民的な地区ならどこでも聞けそうなことなのだ。それをわざわざスパッカ・

ナポリと限定するところが、この通りの住民がいかにナポリの庶民かたぎを代表しているかを示すということも、だんだんとわかるようになった。

さして大きくない都市に、半年ちかくも仕事をもって家をかまえるとなると、一応観光客とは一線を画したかたちでその土地にかかわることになる。しかし、それまでにもイタリアでいくつかの大都市、あるいは小都市で一定の期間を過し、それぞれについて自分なりの理解を持つなり、理解に到る方法も身につけたと自負していた私は、いまナポリに来て、深い挫折感のようなものにおそわれ、しばらくはすべての感覚が鈍ったように思い、反射神経が正常に働かない自分にいらだつのだった。たとえば道路を横断しようとするとき、自動車がまったく予期しない速度で、いつ、どの方向からこちらに向って走ってくるかわからない、というのがナポリでは通常の状況なのである。それが競技場で相手がボールなら、まったく初歩的な設定なのだが、道路を横断することとサッカー・ゲームをまったく別のことと判断するような学校教育や市民教育に慣らされ、知らぬ間に硬直してしまったわが精神と肉体は、これに対応するすべを知らず、私はある種の屈辱感にさいなまれるのだった。

「ナポリはイタリア中でも私の一番嫌いな都会です。よく人の語るイタリアの不愉快さは実はナポリの不愉快さでせう。此麼《こん》な俗悪な都会にイタリアを代表させるのは困ります」

これは美術評論家の板垣鷹穂氏の名著『イタリアの寺』の中での氏の述懐である。あるいは「真白く濃艶な姿を緑色の水に映し」、あるいは「テベー《（ママ）》レの河岸に中世期の物寂びた幻想を与える」、歴史に支えられた古寺の数々を訪れ、「ペルジノの絵のように長閑」な、また「秋の光に橄欖の葉の輝く平和な野が低く遠く展け」る田園風景に接し、そのたびに心を満たす歓喜をつづる著者が、ナポリだけは、このようにきびしい批判の数行で片付けてしまう。そこにはかつて私が父からもらった絵はがきの「ナポリを見て死ね」のような恍惚感はいささかもない。

そして、ナポリで暮らしはじめた私が感じていたのは、父の恍惚感よりも、板垣氏の困惑にずっと近いものだった。この都会には、秩序とか、勤勉とか、まがりなりにも現代世界に生きると自負する私たちが、毎日の社会生活において遵守しなくてはならないと自ら信じ、人にも守らせようと躍起になっているもろもろの社会道徳を真っ向から無視して、大声で笑いとばしているようなところがあるのだ。ひろびろとしたテラスからカプリ島とヴォメロの丘とサンタ・キアラの直線的なゴシック建築の側面が見える、いかにも現代的でしゃれた室内装飾の私のアパートメントも、住んでみると、たとえば設備の面では、家中さがしまわっても、ひとつとして満足に使える電気のコンセントがなかったし、どの水まわりも、ちょっとのことで水はけがわるくなった。毎夕、ゴミを持って、エレベーターなしの(一八世紀に建てられた、すなわち、ひどく天井が高い建物だから一階分の階段がおそろしく長い)五階から一階まで降り、また五階まで上ってくるのは、ひどく息のきれる仕事だった。

しかし、日が経つにしたがって、私はそんな生活にも少しづつ慣れていった。パンを焼くあいだは、コンセントにつっこんだプラグを手で支えていればよい、流しの水ははけるまで待てばよい。私はだんだんそう思うようになったのだ。すると、また、テラスの眺めを心から愉しむことができるようになっていった。

家に慣れてくると私は、近所からはじめて、だんだんと遠出するようになり、徐々にスパッカ・ナポリおよびそれが代表する庶民のなかにいて、いらいらせずにいられるようになったばかりか、これを愉しむことも覚えはじめた。

そんなころ、毎日の大学の往復にまえを通る八百屋のおばさんが、このナポリを学習する作業のなかで、大切な辞書の役目をしてくれた。最初その店に目がとまったのは、ルゲッタという、香りのたかい、ほんのりと苦みのある私の好物のサラダ菜の、いかにも新鮮なのを売っていたからだった。そのうち私が通ると、おばさんが、今日はいいルゲッタがあるよ、と声をかけてくれるようになった。その店でいつも買うようになると、値段もだんだん安くなっていった。一キロいくらと値段は表示してあるのだけれど、はじめのうちは秤にかけるときに一瞬気を散らしたりすると、あっというまに値段が跳ねあがるのだった。

その八百屋は買ったものをいつも新聞紙にくるんでくれた。ちょうど古新聞の処理に困っていた私は、一定の量の新聞がたまると、それを大学に行くときに持って出て、おばさんに渡すことにした。そんなことが何度かあって、私たちはだんだんと親しくなっていったように思う。ある日、いつものように大学の帰りに寄ると、おばさんがこう切りだした。「奥さん、あなたにお礼を言わなくちゃ。ほんとにすばらしいものをありがとう。でもほんとにあれはもらっていいのかしら」とっさになんのことかわからなくて、私はとまどった。おばさんはつづけた。「ああ、でも、きっとあなたは心のひろい人だから、あたしにプレゼントしてくださったに違いないよね。ほんとにありがとう」「なんのこと、いったい？」ようやくたずねた私の目のまえで、おばさんは更紗模様の一枚のハンカチを振ってみせた。「すばらしいハンカチだわ。あたしにと思って、新聞紙のあいだに入れといてくださったのはまちがいないと思ったんだけど、万一そうでなかったらとも考えて、とにかく聞いてみることにしたのよ。だまっていれば泥棒ですもんね。ほんとうにご親切ありがとう」あっと思った。整理のわるい私のハンカチが、古新聞に紛れたまま、おばさんの手に渡ったのだった。だが、ハンカチはすでにおばさんの支配下にあり、私はこう言うのがやっとだった。「でも、そのハンカチは使いかけだから。せめて洗濯してアイロンかけて持ってくるわ」「とんでもない」とおばさんは言った。「じゃ、やっぱりあたしにくださったのね。ありがとう。洗濯はもちろんあたしがしますよ。ほんとにありがとう。すてきなハンカチよ、これは」

こうして私はちょっと自分には贅沢だと思いながら東京を出るまえに買った、大判の美しいハンカチを失った。やられた、と頭をかきたい気持だったが、どういうものか腹は立たなかった。なにかゲームに負けたような、子供っぽい口惜しさが残っただけである。

そのおなじおばさんが、またある日、図書館での仕事がようやく終った午後三時すぎに、おそい昼食にとサラダ菜を買うために立ち寄った私に、「あら、お昼まだなの」とあきれたように言い、「そんなら、あたしたちと一緒に食べて行かない?」と誘ってくれた。「どうせろくなものはないけれど、ちょうどうちでもいま食べはじめるところだったのよ。ここにすわって食べてくださいよ」

おばさんが指さした店の一隅で、彼女の息子が木箱の上に食器をならべて、熟したトマトと卵の簡単な料理を黙々と口に運んでいた。知り合ってたったひと月ほどの、いわば見知らぬ外国人を、こんな粗末な食卓に招いてくれるおばさんの気持がうれしくて、辞退はしたが私は涙が出そうだった。すばらしいナポリのおみやげをもらったと思った。十年余を過した北の都会では一度も経験したことのない、それは暖かいもてなしだった。ミラノが現代的で、ナポリは前近代的だから、というような説明は安易にすぎて、真相を伝えてはくれない。

ひとつには大学の仕事にかまけて、ひとつには絶えずハンドバックに気をつけなければならない人ごみに出るのが億劫で、慣れたとはいえ、私のナポリ観光は遅々として進まなかった。遠くまで行かなくても、スパッカ・ナポリには、旅行者相手の古ぼけた金細工の店や得体のしれない古道具屋(それから、ほっぺたの落ちそうな野イチゴのタルトを作るスカトゥルキオという菓子屋)にまじって、多くの由緒あるモニュメントがあった。一四世紀に『デカメロン』を書いたボッカッチョが勤めていたという銀行（それは現在もれっきとした銀行で、私がナポリに着いた翌日だったかに、そこの屋根を破って賊が侵入した記事が新聞を賑わしたが、後日、私は大学の給料をその銀行で支払ってもらうことになり、同僚の教授がいっしょに来てくれてほんとうに心づよかった）や、一八世紀の哲学者ジャン・バッティスタ・ヴィーコが住んでいた家などが、指呼の距離にあった。また、歴史的にも地理的にも近いところでは、わが家の真向いに今世紀イタリア最大の哲学者ベネデット・クローチェの邸（いまでは研究所になっているが、私のアパートの窓からは、いつも日向で昼寝をしている一匹の白い猫が見えた）があり、その隣は、板垣鷹穂氏がどうにか許容してくれた「ルスティカを寺のファサードに応用した風変りな」スペイン風のジェズ・ヌオヴォ教会だった。さらにその向いが、内陣は「俗悪きわまる」きんきらきんのバロックでつまらないが、外壁は垂直線を強調した、イタリアにはめずらしい北方系ゴシックのサンタ・キアラ教会があった。わがテラスからすぐそこのところに横たわるその教会のフランス風ゴシックの瀟洒なたたずまいは、バロックの曲線が支配するナポリに疲れた目と心に、深いやすらぎをもたらしてくれた。

しかし、なんといっても私とナポリのかかわりを根本的に変えてくれたのは、やはりスパッカ・ナポリに面したサン・ドメニコ・マッジョーレ教会での不思議な出会いだった。

ある日曜日のこと、新聞を買いに出たついでに、私はキオスクのすぐうしろにあるその教会に入ってみた。板垣氏はこの教会をただ「無味乾燥な」という形容だけで処理している。事実、私がこの通りに住んで数週間後のその日まで足を踏み入れたことがなかったのも、ひとつにはその外観が、いかにも平凡というのか、無様式というのか、まったくなんの興味もそそらぬものだったからである。まず、その建物に入ろうとして、私はとどまった。建物の大きさにくらべて、入り口が異様に小さいのである。そのことが、ほとんど大学への通り道にあったにもかかわらず、その日まで中に入ったことがなかった理由ではないかとさえ思った。いかにも裏口、といった扉を押して入るとすぐに、曲りくねった上り階段になっていて、いわゆる本堂は、三階ほどのところにあったと思う。ミサの時間はとうにすぎていて、堂内はがらんとしていた。これが、あの中世神学の巨人トマス・アクイナスが晩年に研究生活をおくった場所とはとても信じられぬほど、それはまったく無味乾燥のお手本のような空間だった。それでも私は、なんらかの足跡をもとめて、内陣を歩きまわった。そして見つけたのが、トマスとはなんの関係もない、ふたつの奇妙なモニュメントであった。

そのひとつは、うす暗い隅の祭壇の下にあるガラス張りの箱に横たえられた人間のかたちをした物体であった。ヨーロッパでは聖者といわれた人々の遺骸を祭壇の下に安置して、とくにその生前のかたちがミイラ化して残っている場合などには、これを一種の奇跡として、尊崇するならわしがある。この、現代人の感覚からするとおぞましいだけの風習は、ことに南イタリアでは、おそらくはなにかの土俗的習慣とまざって、今日でもある社会層では篤い信心の対象となっているらしい。サン・ドメニコ・マッジョーレ教会の片隅にあったその聖人の遺骸は、なにか白いものを身にまとっていて、子供のように小さかった。なんとなく興味をそそられて読んだ大きな文字で書かれた説明文は、なんとも奇抜なものであった。

それによると、この聖者はローマ時代、まだキリスト教が迫害を受けていたころに殉教した少年で、遺骸は古代からローマのどこだったかの教会に安置され、様々な病気、とくに「胸のやまい」をなおしてくれるとかで、崇敬されていた。それが、一七世紀だったかにナポリの貴族のなんとかいう人物が、なにか大手柄をたてて、驚いたことに褒美として教皇からこの遺骸をもらいうける。あげるほうもあげるほうだが、もらうほうももらうほうだ。さらに滑稽なのは、その貴族が死んだとき（相続税に困ったわけでもないだろうに）、遺族がこれを保存しきれないとして、この教会に寄付してしまったのである。それでめでたしかと思ったら、まだ先があった。一八八〇年代に、フランスのリヨンから来た巡礼団の一行が、監視人のすきをねらって、遺骸の肋骨を一本盗んで行ってしまったのだ。いまでもその骨は、リヨンのどこかの教会にある、と説明文にはあった。

いったいどこまでが史実で、どこまでがでっちあげなのかはわからないが、とにかくボッカッチョまがいのこの話は、とてつもなく馬鹿げていて、それに当代では理性で鳴らすフランス人が、集団で肋骨泥棒をはたらいたという話が（もっとも、これもフランス人にいじめられたことのあるナポリ人の捏造かもしれない）私をこよなく愉快にした。「胸のやまい」がほとんど消滅した現在、この少年のご利益はほぼ見捨てられたようで、これだけの説明を読むのにかなり時間がかかるほど、隅のほうにあるその祭壇は暗くて、花ひとつ、蠟燭ひとつあがっていなかった。もう一度、目を凝らしてみると、なるほどその遺骸が着ているのはローマ時代のトゥニカと呼ばれる白い短衣だった。肋骨が一本足りないかどうかは、もちろん判らなかった。

この発見に気をよくした私は、さらに堂内を歩きまわり、もうひとつの風変りなモニュメントに出会った。それはやはり主祭壇とは反対の方角の床に嵌めこまれた、ラテン語と英語で書かれた墓碑銘だった。その中にニューヨークとかアイルランドとかの地名が刻まれていたのが、まず私の注意をひいた。さてこの碑銘によると、この場所に葬られているのは、なんとニューヨークの初代カトリック司教なのだった。その人がどうして、ナポリなどで埋葬されたのか。年代をすっかり失念してしまったが、なんでもこの人はアイルランドの首都ダブリンに生まれ、ローマに来て神学を学んでいたところを、教皇からニューヨークに行くように指名され、司教の座についた。そして、ナポリの港からニューヨークに向おうとして、この地で伝染病にかかり、落命したのであった。これだけなら、無念だったろうとか、いろいろな感慨はあっても、話はまず通常の埒を出るものではない。私を驚かせたのは、司教に任命されてからナポリに来るまでが、三十年だったか、信じられないほどながい期間だったことである。それは私が、ああ、それではこの人は一生ローマにいて、ニューヨークに行かなければ行かなければと思いながら、月日どころかほとんど一生をおくったのだ、とそんな感慨をもってしまうほど、それは長い時間だった。

なにか政治的な理由に阻まれて行けなかったのだろうか。それとも、ただ、ニューヨークみたいな田舎に行くのが嫌で、ローマでさぼっていたのだろうか。しなければならない仕事があるのに他のことにかまけることは、日常けっしてめずらしいことではない。しかし、それがたとえば三十年もつづいたら、どんな気持がするのだろうか。彼のあたまのなかで、彼自身が変るにしたがって、ニューヨークのイメージも、どんどん変って行ったのではないだろうか。そしてその挙句、とうとう出発のときが来たのだった。それほどながい待機の時間が、それでもまだ出発の可能性につながっていたという事実が、待った時間のながさとおなじほど私には不思議に思え、妙に感動させられた。

しかも、彼は出発を目前にして、おそらくはありふれた疫病の犠牲となって死んでしまう。それも故郷のダブリンでもなく、永年住みなれたローマでさえない、ただ通りかかったにすぎないナポリで。それは期待に明け暮れた、徒労のような一生だったのだろうか。それとも、さぼりにさぼって、もう逃げられなくなったところで、新大陸に行こうとした矢先の病気だったのだろうか。死は、ほんとうに思いがけないときにやってきたに違いない。

一見無味乾燥なサン・ドメニコ・マッジョーレ教会は、意外にもこんなにドラマチックなモニュメントを秘めていたのだった。そのあと私はこれほどの建物ならあるに違いない正面入口をさがしたが、それは遂に見つからず、またもと来た裏階段のような通路から外に出た。日曜日の昼下がりのスパッカ・ナポリはしんとしていて、平日の雑踏がうそのようだった。

　サン・ドメニコ・マッジョーレ教会のふたつの墓との出会いを契機として、私の内部でなにかが起きたのはたしかである。しかも、その理由がなんであるかをはっきりつかめぬまま、私とナポリの関係は、ある納得に到達したようだった。ただ、ナポリおよびその住人についての疑問に、それまでのように神経質に答えを求めることをしなくなっただけのことかも知れない。この町は、全体をうけいれるほかないのだ、そんな思いが私の考えを占めるようになった。部分に腹を立てていると、いつまでたっても、この町と友だちにはなれない。まず、全体をうけいれてから、ゆっくり見ていると、ある日思いがけない贈物をくれることがある。それは、同時に、思いがけなく足をすくわれる危険をつねに伴ってもいるのだが。

　最近ある本を読んでいて、ふとナポリのことがあたまに浮んだ。それはアントニオ・タブッキという作家が書いた『インド夜想曲』という、近年イタリアやフランスで評判になった小説だったが、その中にこんな話があった。ある本に一枚の写真がのっていて、ひとりの黒人が勢いよく両手をあげて、まるでマラソンのゴールイン寸前のような格好で写っている。ところが、つぎのページでは、その写真が全体の一部分でしかないことが明かされる。全体というのは、南アフリカの黒人弾圧の場面を撮った写真で、勝利の瞬間のように両手をあげた黒人は、たったいま官憲の銃弾に撃たれて、倒れ込む瞬間なのだ。そして、その本の題は『アンソロジーにはご用心』だったという。作品全体を把握せずに、部分で用をすませるのは危険だ、と作者のタブッキは、彼らしい、なにげない調子でつぶやいている。

父の「ナポリを見て死ね」は、思いがけないかたちで私を訪れたのだった。観光客として五十年もまえにこの町を訪れたときの父の年齢は、ナポリに仕事をもって半年も住みついた私の年齢の、ちょうど半分ぐらいだった。だが、父も娘も、それぞれの角度からこの町を識り、この町を愛し、それぞれが「ナポリを見て死」ねることになった。

帰国も間近くなったころ、ひとりの友人が、父の絵はがきにあったのと同じ景色の場所に連れて行ってくれた。そこにはあの写真とおなじ松の木があって、その向うにナポリ湾をへだてて、ヴェスヴィオが火山特有のゆたかな山すそをひろげていた。その松の木は、枯れるとまたおなじようなのを持ってきて植えるのだ、と友人は話してくれた。

セルジョ・モランドの友人たち

ながいことイタリアに住んで、いちばん身になった、というとおかしいのだが、いちばん楽しかったことのひとつは、ミラノにいて、ボンピアーニ出版社に出入りしていたころのことかも知れない。ボンピアーニといっても、もちろん出版社全体を知っていたわけではなく（だれにとっても、出版社とのつきあいというものは、多かれ少なかれそのようなものかも知れないのだが）、セルジョ・モランドとパオロ・デベネデッティという二人の編集者を知ったことで、あのころの私の生活がどれほど精神的にゆたかになったかわからない。

日本の文学作品をイタリア語に訳してみないか、というそのころの私にとって願ってもない話が、やはり出版関係の仕事をしていた夫を通じて私のところに舞いこんだ。願ってもないというのは、そもそも若いころから私は滅法と言ってよいくらい翻訳の仕事が好きだった。それは自分をさらけ出さないで、したがってある種の責任をとらないで、しかも文章を作ってゆく楽しみを味わえたからではないか。それにイタリア人の夫と結婚してからは、自分の背後にある日本の文学を知ってほしいという願望が日ましに強くなっていた。だから、イタリア有数の文芸書の出版社であるボンピアーニ社で翻訳者をさがしていると聞いたときは、なんの迷いもなく、それは自分のための仕事だと信じてしまった。そのとき会ってくれたのが、セルジョ・モランドだった。

そもそも、出版社などというものは、日本でも足を踏みいれたことがなかったのだから、その日、私はひどく緊張して出かけた。当時、ボンピアーニ社は、たしかセナート街にあって、それは古いミラノ人が誇りにしていた都心をぐるりとかこむナヴィリオ運河を埋めたあとの、さして大きくはないが由緒ある道路に面していた。いま考えると、あれはおそらく社長のヴァレンティーノ・ボンピアーニの先祖ゆかりの建物だったのではなかったか。どんな外観だったのかは、ほとんど記憶にないが、たぶん、あまり特徴のない、ミラノの中心部に多い、ベージュ色の外壁に灰色かなにかの鎧戸が窓についた、ごくありふれた四角い建物だったのだろう。わずかに憶えているのは、一階の入ってすぐのところに階段口があり、そのはなのところに受付の小部屋があったこと、それから廊下がせまくて、人とすれちがうとき、一瞬立ちどまって道をゆずるような感じだったこと、その廊下がうす暗くて、はっきり相手の顔が見えなかったこと、くらいである。ただ、相手の顔がよく見えなかったというのは、どぎまぎしていた私のほうの心理的な理由によるものだったかも知れない。

そんな暗い出版社の廊下を、受付で言われた通りにくねくねと曲って、モランドの部屋にたどりついた。思いがけなく広くて明るい部屋で、大きな仕事机（日本でよく見るスチール製のデスクというようなものではなかった）のうしろから彼は立ち上がって来て、私を迎えてくれた。ナタリア・ギンズブルグが『ある家族の会話』の中で、エイナウディ出版社を創立したジュリオ・エイナウディについて、彼は内気でそれがつめたい印象を与え、はじめての訪問者を怖がらせたと書いているが、モランドの場合は、内気だがあたたかい、それでいて一種のとまどいのようなふぜいが表情に読みとれて、私をかえってぎこちなくさせた。この当惑にも似た表情は、いまになってみれば若い外国人、それも当時はまだミラノでめずらしかった日本の女にたいする、ごくふつうの中年男性のとまどいでもあったろうと理解できるのだが、その日の彼のとまどいは、それからの彼と私のつきあいに、ずっと影のようにくっついて離れなくなったのだった。

もうひとつ、ふだんよりも私がおどおどしていた理由がある。それは、その日までは学生仲間や、ミラノに行ってからの善意の友人たち（そのころの留学生、とくに文学畑の留学生というものは、気のおけない学生仲間をのぞいては、おおむね善意の友人といった種類の人たちとのつきあいはあっても、自国でのように、また言葉の達者な今日の学生や商社員たちとは違って、学問や仕事の上で真剣勝負をするとか、競争相手になるとかの機会はついに持てないまま帰国するのがふつうだった）のまじわりは充分あったのだが、自分にとってかなりの重みをもつことになるそんな仕事で、その道の専門家に会うのは、私のヨーロッパ生活では初めての経験だったからである。

モランドは中年の感じがすべてににじみだしているような、動作のおそい、低い声の人だった。水っぽい、灰青色の目の下に深い皺が刻まれ、なにか疲れたような、暗いというのか、ものごとをはっきり決めかねているようなふぜいがあった。彼がどんなかたちの手をしていたか、彼の手を意識して見たことがあるのかどうかは、思い出せない。彼の髪も、頭のかたちも、注意して見たことはないように思う。それは、彼について無関心だったというのではなくて、彼と話していると、なにかをさぐるような彼の深い目つきがひたすら気になって、まるで彼の思考が、口を通してではなくて、目から出てくるかのように、私は彼の目ばかりを見つめて話していたからだったに違いない。友だちのなかで一番ふしぎな人はモランドだと思う、と私はずっとあとになって夫に話したことがある。すごく親しい、大切な友人のような気もするのだけれど、その反面、あの人については、ほとんど何も知らないし、それほど知りたいとも思わない。それでいて、ボンピアーニ社に行くと、つい何時間もしゃべってしまう。いったい、どういうのかしら、と。

もちろん、最初に会いに行った時点では、私が仕事をもらえるかどうかは、まったくなにも決定していなかった。でも、そのことをすっかり忘れてしまうほど、あるいは私がすっかり忘れさせられるほど、初対面のモランドと私は夢中で話しつづけた。何年も後になって知ったのだが、モランドは当時、ボンピアーニ社の編集部の外国文学の、日本でなら部長とでもいうような地位にいたのだった。名刺を交換したわけでなし、私は友人からの紹介で、大きい顔をして彼のまえにすわっていた。このような地位が、出版社ではかなり重要なポストだということは、これもずっとあとになって、他の出版社とかかわりをもつようになってわかった。モランドのような地位の人たちが、しばしば社外では著名な評論家だったり、作家だったりして、その人物と話をしたというだけで、どうだった、と人に聞かれたりする。とにかくモランドと私は、「どこか気があう」というようなことだったのかも知れない。その状況を私がはっきりつかめなかったのは、ひとえに私の世間知らずと、彼の内気で控え目な態度のせいだったと思う。

この出会いがもとで、モランドはその日から十年たらずのあいだに、イタリアの常識では驚異的といえる量の翻訳を私にまかせてくれた。七百ページ余りの『日本現代文学選』(最近ようやくペーパーバック版が出たこの本は、一九六四年の初版のまま、ながいこと絶版になっていた。八〇年代の半ばにローマで会ったある若い作家は、「モランドの」あの本は二十年出るのが早すぎた、と嘆息していた)をはじめ、谷崎潤一郎の作品を中心とする十冊ちかい日本の文学作品には、当時のイタリアはおろか、世界でもまだ翻訳されていないものが数多くあった。「モランドがいたから」と私はいつも思う。彼がいなかったら、あれだけの仕事をする体力も勇気も、けっして持てなかっただろう。

雑談の中から、こんな作品があるという話になる。おもしろそうだな、梗概を書いてみてくれませんかとモランドが言う。編集会議でそれがパスして、契約をとりかわす。それから数ヵ月のあいだ、彼はときどき、電話をかけてきてくれる。どの辺まで進みましたか、元気ですか、なにかおもしろい本は読みませんでしたか、一度会いに来ませんか。そして、また私はそそくさとボンピアーニ社にしゃべりに行く。その繰りかえしで、何冊かの本ができていったのだった。すべてごくあたりまえの、編集者と翻訳者の間柄だと言ってしまえばそうなのかも知れない。しかし、日本語のできない彼が、英語にもまだ訳されていなかった日本の作品の訳を私にまかせて、その進行をあれほど興味をもって見守ってくれていたことは、今日考えても、こころあたたまる日々であった。

それでいて、さきに書いたように、モランドと私はけっして「親しい」という間柄ではなかった。十年余の彼とのつきあいのなかで、おそらくは、一年に五、六度、それ以上は会っていないのではないか。それは、あたらしい仕事をもらいに行くときと、翻訳の原稿でどうしても意味がはっきりしない箇所の説明をもとめられたとき、そしてゲラの校正ができたとき、などである。それも、ボンピアーニ社の外では会ったことがない(二度ほどわが家の夕食に来てくれたほかは)。ただ、行くとながかった。いつも午後の大半の時間を彼のところで過したように思う。最近評判になった作品のこと、あたらしい作家のこと、日本文学のこと。私はそのなかで少しずつ、ヨーロッパの文芸批評を学んでいったようにも思う。

彼の親友で、哲学・宗教書関係の編集者でカトリック大学のユダヤ系語学の教授でもあったパオロ・デベネデッティがモランドの部屋に入ってきて、いっしょに話をすることもあった。パオロは私たちにとって、ヨーロッパ以外の（といっても、もちろん、ヨーロッパ語をふくめ、さらに中国語をもふくむ）言語で書かれた文学の生き字引で、彼が会話に加わると、それだけで話題に厚みが増すのだった。

ボンピアーニ社がセナート街の古風な建物をおそらくは売りはらって、ピサカーネ街という、以前にくらべると五百メートルほど都心をはずれるという意味で、少々格は劣るけれども、以前よりも近代的なオフィスに引越したのは、いつのことだったろうか。今度のほうが家から近い、と私は嬉しかった。実際、歩いても、三十分かからなかったのではないかと思う。

このころから、モランドの部屋には、ボナチーナ君という、長身でやせぎすの、若い編集者が机をかまえるようになった。彼はモランドの企画した本の、翻訳や文章についてのこまかいところの面倒を見る係らしかった。いや、一九六四年に出た『日本現代文学選』の仕事のときも、ボナチーナ君といろいろ相談したことが記憶にあるから、彼はセナート街のころからすでにいたのだろうか。部屋が違ったので、私が会わなかっただけのことかも知れない。この人も、モランドにおとらず内気で（もしかすると、モランドは私が考えていたほど内気ではなかったのかもしれない)、なにか言うとき、ぱっと赤くなることがあった。モランドはよく、私のまえで彼をからかって、ボナチーナ君が赤くなるのを二人で笑ったりした。一度、どうしてだったか、朝食になにを食べるかという話になって、モランドが、ボナチーナ君はスノッブだから、朝からシャンペンとグレープ・フルーツだそうです、と言ったことがある。まさか、とまた笑いながらも、とっさに、シャンペンのプチプチと泡をたてる透明な金色と、グレープ・フルーツの淡い黄色が、ボナチーナ君のさわやかな羞いに重なって、私のあたまのなかに焼きついてしまった。たぶんアルバイトのようなかたちで、モランドの仕事を手伝っていたのだろう。私は、彼の個人的なことについてはまったくなにも知らなかったのだが、仕事のうえでは、彼の言語表現力はすばらしく、繊細かつ的確で、顔を赤らめながらそっと提案してくれる言葉を、私はなんど感激して頂戴したかわからない。ときには、モランドがいなくて、ボナチーナ君とだけで打合せをすることもあった。そんなときの、双方のやりきれないようなぎこちなさを、思い出す。

ボナチーナ君が最後に私の翻訳の面倒を見てくれたのは、川端康成の『山の音』だったから、六八年か九年にかけてのことである。それは、翻訳の仕事をはじめたときから私の訳に一応目を通してくれていた夫が六七年に死んで、すっかり自信をなくしているときだった。翻訳の依頼を受けたとき、私は作品の一部を訳して、ボナチーナ君に、このままでも読むに堪えるものかどうか判断してくれるように頼んだ。これが駄目なら、私のそれまでの仕事はすべて、夫あってのことだったのだと（そのことについては、今日も疑わないが）、背水の陣のつもりで、そう頼んだのであった。数日後、ボナチーナ君から電話があって、例の羞らったような、一語一語かみしめるような口調で、「だいじょうぶ、あれでいけます」という言葉を聞いたとき、自分にとってほんとうの意味でのキャリアがはじまった、と私は思った。

『山の音』の最終校を持って行ったとき、モランドが思いがけなく、「これでボナチーナ君とお別れですよ。彼はやめます」と言った。どこへ行くのかという私の質問に、ボナチーナ君は例の通り顔を赤らめて、肩をすくめてみせ、すこし口をゆがめたような表情で、「ええ、しばらくは家でゆっくりします」というような意味のことを言った。まったく自分でも納得していないという口調だった。それきり、彼のことは聞かない。どこかほかの出版社にいるのだろうか。それにしても、出版界でも、大学関係でも、彼の名を聞いたことはない。いま、どこでなにをしているのだろう。

ピサカーネ街に移ったころには、パオロ・デベネデッティとも、ずいぶん親しくなっていた。彼はユダヤ人で、ピエモンテ県のアスティの出だった。ユダヤ人については、いろいろなことを言う人が後を絶たないわけだけれど、イタリアのような、たとえ人種差別は皆無と言ってよいほどの国にいても、単一民族の息苦しさというか、その中にあって外国人としての違和感を共有するという点、イタリア以外の世界にたいする感受性を持っているという点で、少なくとも私にとっては、しばしば貴重で心のやすまる友人たちだった。日本でなんの社会的な場も獲得しないうちに外国に出てしまった私の、自分しか頼るものがないような毎日の中で、彼らは多くの点で共感できる人たちだった。

パオロと最初知りあったのは、モランドの部屋でだったが、それは私が口にしたあるカトリックのグループに対する批判を、ぜひ聞かせたい人があると言って、モランドがわざわざ呼びに行ったのだった。それで意気投合のようなかたちになって、それ以後は、モランドと私のおしゃべりに、しばしばパオロが参加するようになった。その初めての日、さんざん話したあげく、ではさようならというときに、パオロが、あの、かすかにピエモンテなまりの聞きとれる、特徴のある声を、どうしてか一瞬ひそめるようにして、ご主人によろしくと言った。その夜、夫にこうした人があなたによろしくって言ったけど、名を聞き落としたと言うと、せめてなにか特徴を言ってみてよ、と言う。それで、突拍子もないほど声のピッチの高い人だと言うと、夫はしごくあたりまえのように、ああ、パオロ・デベネデッティだろ、と即座に答えた。知っているの、とたずねると、うん、あの人はカトリック大学の教授のはずだと言う。仕事の上でずっと以前から、夫の知りあいだったのだ。せっかく自分で開拓してきたつもりの友人が、夫の古い知己とわかって、私は少々、がっかりした。

パオロはそんなわけで、著名な言語学者だったり、編集者（おそらくは辣腕の）であったりしたのだが、彼と知りあって二年目くらいのクリスマスに、小さな自家製の本が彼からとどいた。数ページの手のひらに入るほどのもので、黄色いザラ紙に、猫をテーマにした、ナンセンス詩がいくつか印刷してあった。バスティオーネと呼ばれるミラノの旧城壁に夜な夜な現われて恋をするソリアーノ猫（トラ猫、と日伊辞典にはあるけれど、トラというのは黄色っぽい縞でなければいけないのであって、灰がかった地に黒っぽい縞の猫は、サバ猫と言うのだと、かつて猫好きの友人から私は教わったことがある）だとか、無責任な無しっぽの猫とかが、奇抜な脚韻とリズムに乗せられて、月夜に浮かれていた。年があらたまってパオロに会ったとき、お礼を言ったら、いつも饒舌な彼がふと静かになって、にんまり笑ったかと思うと、話題を変えてしまった。

ピサカーネ街のオフィスの三階にあったパオロの部屋は、道路に面していて、向い側にはイタリア語でヴィッリーノ（小さいヴィラ）と呼ばれる、ちょっとした庭のついた石造りの家がならんでいた。その中の、ちょうど彼の机の真向いにあたる家に、厳格派のユダヤ人の家族が住んでいる、とパオロは言っていた。ある土曜日、なにかの仕事で彼が出社したときに窓から見ていると、その家に客が訪ねてきたが、ベルを鳴らすかわりに、ドアについたノッカーを使った。それで、パオロは彼らが厳格派だとわかった、と言うのである。土曜日はユダヤ教の安息日で、ベルを鳴らすのは掟に反するのだそうである。ある日、用があって、パオロの部屋（それはモランドのよりも、もっと大きかった）に行くと、そんな話をしてくれて、私たちは午後の太陽に照らされたその家を、いまに何かが起きるかも知れないというような感じで、しばらく息をひそめて眺めていた。

『山の音』が発売になってしばらくしてから、パオロとモランドは二人とも、ボンピアーニ社をやめて、ガルザンティ出版社に移ってしまった。モランドはあいかわらず、外国文学の編集をつづけていたらしいが（当時は中国の文化革命やら、アメリカのベトナム侵攻やら、学生運動やらで、マルクーゼやチェ・ゲバラが幅をきかせていた。そんなミラノの出版界でも、知識層でも、アメリカに協力しすぎる日本は極端に評判を落とし、また一般にいっても文学の需要が減っていた)、以前のように電話がかかることもなく、私が話しに行くということもなくなっていた。そのころ、しかし、文学小辞典を作る話があって、私は日本文学の項を受け持つように言われた。いま、この文章を書くまで、私はこの仕事をモランドの注文でしたと思っていたのに、辞典をひらいてみて驚いた。辞典の編集長はなんと、パオロ・デベネデッティになっているのだ。好奇心にそそられて、同じガルザンティの『小エンサイクロペディア』の巻末をのぞいてみると、そこでも編集長の名は、パオロになっていた。サバ猫にかまけたり、向いのユダヤ人の宗教的傾向に気をとられたりしながら、パオロは大事業にかかわっていたのだった。

モランドがボンピアーニ社を去ったころから、イタリアの出版界は大きく変化していった。大資本だけがすべてを決定するようになり、辞書だとか週刊誌を持たない出版社は、つぎつぎと経営難に襲われた。編集者の性格もそれにつれて変ってしまった。翻訳を頼まれて、契約をとりかわしても、その後はナシのつぶてで、私はあのモランドの、無関心なような、少し眠たそうな、それでいて妙に人なつっこい声で電話をかけてきては仕事の進展ぶりをたずねてくれた「緊密な関係」がなつかしかった。週刊誌などで経営の安定しているいわゆる大手の出版社では、契約の期限に翻訳の原稿を持って行くと、すでに編集者が代っていて、契約があるから翻訳料は支払うけれど、出版の責任は負えないなどと言われて、まるでもの乞いにでも行ったみたいに惨めな気持になったこともあった。

夫が死んで四年たち、とうとう日本に帰ることにしたのをパオロがだれかから聞いて、モランドと二人で食事に招いてくれた。そのころミラノにできたばかりの、日本料理のレストランだったように記憶している。帰ることになってよかった、と二人は祝ってくれた。この二人は、ほんとうに自分が仕事をとおして獲得した友人だ、と別れを惜しみながらも、私はうれしかった。それにしても、セナート街やピサカーネ街のオフィスでしゃべっていたころにくらべて、なにか二人は元気がないように見えた。それとも、永年住みなれたミラノを去ろうとしている自分の悲しみを、私が彼らの顔に映し見ていたのだろうか。

帰国してあっという間に十年以上の歳月が流れ、五年ほどまえ、ある夏の日にミラノに立ち寄った私は、たぶんだれもいないだろうとは思いながらも、ガルザンティ出版社に電話をかけて、パオロの消息をたずねた。すると思いがけなく、あの調子っぱずれの甲高い声が受話器をとおして聞こえた。今日は偶然ここに来ていたのだけれど、もう引退して、夏のあいだはアスティの家に妹といる。父母はもう亡くなった。きみがアスティに来てくれたら、妹がどんなによろこぶだろう。そんなことをパオロはしゃべった。モランドはどうしてるの、とたずねると、一瞬の沈黙のあと、パオロの声が耳に流れた。きみはなにも知らなかったんだね。去年、死んだ。ガルザンティのあとは、モンダドーリに行ったけれど、つまらない仕事ばかりやらされて、去年、脳出血で突然、死んだ。

モンダドーリ社は、私の持って行った翻訳原稿をそのままにしてしまった大手出版社で、文芸書だけでなく、週刊誌からエコロジー雑誌そしてコミックまでを手掛けるマンモス企業だった。ボンピアーニ社は数年まえに、リッツォーリ社という、これまた有名な大手に合併され、社の宛名もリナーテの飛行場に近い辺鄙な界隈に変ってしまった。二十年まえ、その辺りは、地平線にとんぼのような飛行機が飛んでいる、荒涼とした町はずれの街道筋でしかなかった。

ガッティの背中

半年に一度、商用で日本にやって来る友人のステファノが、今年の二月に来たとき、開口一番、君に言わなければならないことがある、と言った。

「ガッティが死んだ」

また、ひとつ、どこかに暗い穴があいたような気がした。

ガッティにはじめて会ったのは、ジェノワの駅だった。一九六〇年のことである。ローマから汽車で着いた私を、ガッティは友人といっしょに迎えに出てくれていた。その日のことは、あまり覚えてないのだが、どういうわけか、そのとき駅のプラットフォームで撮った彼の写真が残っている。それは上半身をうしろ斜めから撮ってあって、ガッティはくたびれた鳥打帽をかぶっている。びっしりと縮れた長髪が、オーバーについたアストラカンの衿と首すじを覆っていて、なんとなくじじむさい。いまでこそレトロなどと言って、ハンティングとか、毛皮の衿とか、そんないでたちもそれほど奇妙ではないだろうが、三十年まえ、その服装はほとんど異様だったし、それが、まだ個人的にはかぞえるほどしかイタリア人を知らなかった私を、ほんの少しとまどわせた。ミラノで出版関係の仕事をしている人だと聞いていたが、それとこの服装があたまのなかでつながらなかった。彼といっしょに駅に出てくれていた友人のほうは、私には「ふつう」とみえたグレイ系のオーバーで、髪も目立つという刈りかたではなかった。それで余計、ひょっとしたらツルゲーネフの親類かも知れないようなガッティのいでたちは印象に残った。

ガッティもその友人も、カトリックの、そのころは左翼と言われた、戦時のレジスタンスの仲間で作った自主グループのメンバーで、ミラノの中心部で小さな書店を営んでいた。その書店の企画会議をジェノワで開くことになり、私はそれに参加させてもらうために、そのころ住んでいたローマから出かけて行ったのだった。ミラノのグループがなぜジェノワで会合をひらいたのか。それは仲間の中心的存在だったトゥロルド神父が、今日のイタリアでは信じられないことだが、左翼的言動のかどで教会当局によってミラノから追放され、いわば島流しになっていたロンドンからイタリアに帰ったのを機会に、ジェノワにあった、ある老婦人の別荘で会議を持つことになったのだ。

その別荘に私は泊めてもらい、ガッティや他の人たちはどこかの安いホテルに泊っているらしかった。そんなことが、なにかはっきりと理解できぬうちに、つぎつぎに決められ、進行してゆくのが、イタリアにいた最初の数年間の自分と周囲のつながりかただったように思う。老婦人はイタリアだけでなく、世界的にも名の知れたミラノの大資本家の一族のひとりで、そんな人の美しい別荘に一介の留学生でしかなかった私が泊めてもらうことの不釣合にも、それほど仰天しないほど私は若くて世間知らずだった。

何日、ジェノワで過したのかも、よく覚えていない。着いた日はたしか一月二日だった。日本ならお正月なのに、こんな旅行をしている、と思ったので覚えている。どうせ二、三日の滞在だったのだろうが、その一日は、老婦人の運転手つきの車で、ガッティとその友人とトゥロルドと私とで、リヴィエラ海岸のさびれた町にアンジェロ・バリーリという、老詩人を訪ねた。文学史に出ているような詩人の目のまえに自分は立っているという感動と、「太陽の昇る国から来てくれた」という詩人にしてはあまりにも常套的な歓迎の言葉と(詩人でさえ、日本などという彼らの文化の伝統となんの関係もない国のことについては、こんなに勘がくるってしまうのだとは、何年もイタリアにいたあとでわかった)、それから、真冬というのにリヴィエラの太陽があまりまぶしくて、ガッティの友人がずっと頭が痛いと言っていた記憶がある。また、これはどういう連想によるのか、ずっとあとになって有名なモンターレの向日葵の詩を読んだとき、その友人の頭痛を思い出してなつかしかった。べつに頭痛のことが書いてあるわけではないのだが、「持ってきておくれ、光にくるった向日葵を」という最後の一行が、あの朝の溢れるような光の記憶を喚びおこしたのだろう。モンターレがこの詩を書いたのも、あのリヴィエラの町から遠くない、おなじ地中海に面したモンテロッソだった。

また、ある夜は、夕食後の時間に、何人かジェノワの友人が老婦人の客間に集まり、そのうちのだれかが自分の詩を朗読してみなが批評したこともあった。その批評があまりよくわからなかったのは、単にイタリア語が未熟だったことよりも、批評の方法が私にはまったくつかめていなかったからだとは、これもずっとあとになって、わかった。そんな風にいっしょに過した時間のなかのガッティについては、しかし、なにも思い出せない。

ジェノワ訪問の半年あとに、私はローマ暮しを打切って、ミラノに移った。私がコルシア・デイ・セルヴィという、ガッティたちの書店を拠点にして勉強を進めてゆくことに、彼の仲間たちが賛成してくれたからである。それから、私とガッティのながいつきあいがはじまった。

コルシア・デイ・セルヴィ書店との出会いは、それについて一冊の本が書けてしまうほど、私のミラノ生活にとって重要な事件だったのであるが、ここでは私がガッティとかかわった場としてだけ話すことにする。この書店の名は、現在ヴィットリオ・エマヌエーレ通りと呼ばれるミラノの目抜き通りが、昔はコルシア・デイ・セルヴィ（セルヴィ修道院まえの馬車道）と呼ばれていたことに由来する。ヴィットリオ・エマヌエーレというサヴォイア王家出身のイタリア王の名は、当然、イタリア統一後につけられたもので、この名の由来をたずねられると、店の人たちが誇らしげに、マンゾーニの『いいなづけ』にも出ています、と答えるのを、私は何度も耳にした。アレッサンドロ・マンゾーニは一九世紀の国民的作家で、彼の書いた『いいなづけ』は、イタリアで中等以上の教育を受けたものならだれでも学校で読まされた本だから、そう言われるとみんな、へえという感じで頭を掻いたりした。書店の建物というのだろうか、店が巣くっていた場所は、セルヴィ修道会の管轄になるサンカルロ教会のいわば脇の通路とでもいうのか、細長い、まさにうなぎの寝床のような空間で、書店の仲間たちはその物置にあてられていた場所を借りて店をはじめたのだった。書籍の販売は書店だから当然だが、その他にもコルシア・デイ・セルヴィ書店は、主にフランス語から訳した「進歩的」といわれる神学書の出版・販売を手がける一方、実に多くの友人、顧客を抱えていて、その人たちのたまり場にもなっていた。夕方から閉店の七時半ごろにかけてが、仕事を終えて家に帰るまえのひと時ここに寄る客で書店がもっとも賑わう時間で、詩人や小説家、大学人や評論家、政治家、宗教家が、学生や運動家にまじって熱のこもった議論をたたかわすサロンの様相を呈することもしばしばであった。

ガッティは当時、コムニタ出版社の編集スタッフだった。コムニタというのは共同体という意味で、日本ではタイプライターで知られるオリヴェッティ社に、「善玉の資本主義」などとよく呼ばれる経営哲学を導入し、この会社に今日の個性的な全体像をあたえた天才的リーダー、アドリアーノ・オリヴェッティが、その思想をより普遍的なレベルで探求するために設立した出版社である。したがって、ガッティがコルシア・デイ・セルヴィ書店に来るのは、出勤まえと退社後の時間で、いわばボランティアのかたちで、書店の仕事を手伝っていたのだった。書店のやたらと細長い建物のどんづまりに彼のうす暗いオフィスがあって、そこに行くとガッティはいつも、あの胸のすくように刃のながい編集用の鋏と糊をつかって、切ったり貼ったりするレイアウトの仕事をしていた。道端にしゃがんで畳屋さんの仕事を見つめる子供のように、私はガッティの手もとをただ感心して目で追っていた。

二十ワットか、せいぜい三十ワットくらいの黄色い電球の光の下で編集をしているガッティは、ときには私に仕事を手伝わせてくれることがあった。あたらしい本を作るとき、ガッティは私を紙問屋や印刷工場や、はては格安で美しい製本をする、ミラノ郊外の修道院にまで連れて行ってくれた。中央駅から一時間ほど電車に乗って、ながい田舎道を歩いて行ったところにあるその修道院に着くと、手編みのレースのカーテンがかかった小さな客間に通され、おっとりとした中年の修道女が、トスカーナなまりのあかるい声で、修道院の経営する印刷工場ではたらく修道女たちの苦労話をガッティに話すのを、私は黙ってそばで聞いていた。またガッティは、あの忍耐ぶかい、ゆっくりした語調で、原稿の校正の手順や、レイアウトのこつを教えてくれることもあった。すこしふやけたような、あおじろい、指先の平べったいガッティの手が、編集用の黒い金属のものさしで行間の寸法を計ったり、紙の角を折ったりするのを、私は吸いこまれるように眺めていた。全体のじじむさい感じとは対照的に、よく手入れされた神経質な手だった。

ガッティの長髪がアドリアーノ・オリヴェッティの真似であることに気がついたのは、アドリアーノが死んだときだった。彼の写真を新聞で見て、そのことに気づいた私は、それまで知らなかったガッティの一面を見る思いだった。アドリアーノの死を私に伝えてくれたのはもちろんガッティだったが、そのときの彼の声はなにか唐突な、それでいて思いつめたような調子があった（いま、日付を繰ってみると、アドリアーノは一九七〇年の二月に死んでいる。私がちょうど、川端康成の『山の音』を訳していたころで、ガッティはその本の完成を楽しみに待っていた）。生前のアドリアーノと彼はどれほどの面識があったのだろうか。それでも、彼は優しさをこめて、アドリアーノという名を発音した。自分の勤めている出版社の創立者の名を、親しい友人かなにかのように呼びすてにすること自体が、私には意外で新鮮だったが、それは後にコムニタの社員だけでなく、オリヴェッティ社の人たち一般の慣習だったとわかった。ガッティは、アドリアーノが死んだからもう出版社コムニタもどうなるかわからない、といま考えるといかにも彼らしい、ペシミスティックで前近代的な意見を、ほんとうに淋しそうに言った（あれから十八年経ったが、今日コムニタはいよいよ健在である）。

ガッティをコムニタの編集室にはじめて訪ねたのもそのころだったと記憶している。それは、やはりミラノの都心、ドゥオモに近い、アレッサンドロ・マンゾーニ街の、たしか十二番地、ポルディ・ペッツオーリ美術館とおなじ建物の中にあって、彼の職場は、ここでもうす暗い、どこを見ても紙だらけの大部屋だった。ひどく天井が低かったような記憶があるのはどういうことだったのか。道路に面した大扉を入って左側が美術館の入口、右側の階段を上ってゆくと、コムニタの扉があった。私の訪ねた時間が変則的だったのか、休日でもあったのか、その中でガッティ以外の人に会った記憶はまったくない。なんの用で訪ねて行ったのかも憶えていない。しかし、もうアドリアーノがいなくなったから、というようなガッティの言葉を、人気のない編集室でもう一度聞いたのを、鼻にかかった彼の声とともにはっきり憶えている。

アドリアーノが死んだのと、しかし、ガッティの精神があのはてしない坂道を、はじめはゆっくり、やがては加速度的に下降しはじめたのと、ほとんどおなじころだった。ガッティの仕事がはかどらないと、書店の友人たちが問題にするようになったのは、その二年ばかりまえ、ガッティのお母さんが亡くなった数ヵ月後のことだった。書店版の翻訳書の目録も、ある番号で停止したままで、新刊が出なくなった。それは、戦後二十代だった若者が、カトリシズムを普遍的な目で捉えなおそうという目的ではじめた彼らの運動よりも、社会の変革の歩幅のほうが大きくて、書店の友人たちが一瞬目標を失ったかにみえたころのことだった。はじめての日にジェノワの駅にガッティと迎えに来てくれた友人で私の夫になったペッピーノが、六七年に四十一歳で急逝して、ガッティは有力な代弁者をうしない、そのこともガッティの立場をわるくしてしまった。その頃、書店のほうは、商売として立派にやってゆけるまでに成長していたが、ガッティは出版部門だけを受け持っていて、その責任者本人がスランプに陥って仕事をしなくなったのだから、出版部門は当然、開店休業のていであった。

ガッティがもうコムニタに行かなくなったのも、そのころだったと思う。彼は一時期フェッロという小さな出版社に勤めていた。たしかミラノ近辺の絹織物かなにかで財を為した実業家がはじめた出版社で、ガッティは結構いろいろとまかされていたらしく、機嫌もよかったし、私にまで仕事をまわしてくれるようになった。フェッロの仕事がいそがしいのであれば、彼にとってはいわばボランティアのかたちで協力していたコルシア・デイ・セルヴィ書店の出版部が停滞しても、これはだれもなにも言える立場ではなかった。フェッロの社長だか編集部長だか、無智で没趣味で大声のズングリ(と私が彼の話から想像した）男が当面のガッティの敵で、編集の仕事の合間々々には、ねちねちと喧嘩している らしかった。そんな喧嘩がだんだん実りをみせてきて、ガッティはフェッロをやめると言いだした。それまで私はガッティの個人生活に干渉するどころか、ほとんどかかわったことがなかったのだが、フェッロを退社すると彼が言い出したときばかりは、なにか不吉な予感がして、むきになってとめたのを思い出す。初夏のある昼下がり、どうしてあんなところにいたのか覚えていないが、スカラ座の横のヴェルディ街で、「だめよ、ガッティ、フェッロをやめたら、どこに行くのよ。あてもないのにやめるなんて、乱暴よ」と夢中で話している自分の声がいまでも聞こえるようだ。「給料とりじゃない君にはわからないよ」というのが、ガッティのかたくなで悲しげな返事だった。

「だいじょうぶだよ。こっちからやめたら、失業保険がとれない。どうにかして、やめさせられるように、努力するよ」

ガッティの努力が実ったのかどうか、それからしばらくして、ガッティはまた、あのコルシア・デイ・セルヴィのうす暗い編集室にすわっていることが多くなった。ただ以前と違ったのは、そこで書店の仕事をしているよりも、なにかアルバイトのレイアウトや編集をそこに持ち込んでいたようだった。書店の出版部門はあいかわらず開店休業の状態がつづいていた。

さて、ガッティ、ガッティと書いてきたが、ガッティというのは実は姓で、彼の名はデジデリオだった。これは紀元八世紀に生きたロンバルディア王国最後の王の名だが、この人物はアレッサンドロ・マンゾーニの悲劇『アデルキ』の主人公の父親でもある。シャルルマーニュ大帝に屈するよりは死を選んだ英雄の物語『アデルキ』は、さきにも挙げた同じ作者の『いいなづけ』や、ヴェルディの歌劇『ナブッコ』などと共に、イタリア統一運動の精神的な支えとなった作品である。社会主義者で統一運動の熱烈な信奉者だったガッティのお父さんの命名だったのか、やはり社会主義者だったお母さんがつけた名なのか、どちらにしてもこの名には、古いロンバルディア王国と、ロンバルディアが生んだイタリアの文豪マンゾーニへの熱い思いがこめられていたように思う。ずっとあとになってから、ガッティにルイージという平凡なミドル・ネームがあって、家ではその名で呼ばれていたことが判明したが、それでも彼は友人にはデジデリオと呼んでくれと言い、彼がひとかたならずこの名にこだわっていることがわかった。しかし、彼自身の希望とはうらはらに、友人たちにとって、この時代がかった、しかも現代イタリア語では、欲、それも情欲など肉体的な欲を連想させるこの名がうっとうしくて、自然、親しくなっても慣習に反して、ガッティと姓で呼ばれていたのである。

ガッティの両親が社会主義者だと言ったが、お父さんは若いころ、すなわち一九二〇年代に映画を作っていた、とガッティから聞いたことがある。当時ではずいぶんハイカラな仕事をしていたとガッティは自慢していた。小学校の先生だったお母さんは、たしかお父さんより二十歳年上だったとも、ガッティが話してくれた。ガッティはそのお母さんが四十歳のときに生まれたのだった。ガッティの家にはそのお母さんが、長年勤めた小学校をやめるときにもらったという、小さな木の椅子があった。が、私が結婚したとき、お祝いにと言って、その椅子とそっくりおなじものをガッティは親しい大工さんに作らせてくれた。

ガッティの親しい友人に、当時ある都市銀行の頭取をしていた人がいた。才気煥発という言葉がそのまま歩いているような人物で、経営の手腕はもとより、新しい支店をひらくたびに、その建築をつぎつぎと著名なデザイナーに注文することで、ミラノでは評判の高い人だった。彼には女一人、男二人の子供がいて、とくに男の子たちが、ガッティをひどく尊敬していた。その銀行家の家に私たち書店の仲間はよく招待されて、夕食後の時間をおしゃべりで過ごすことがあった。そんなある夜、音楽の話が出た。銀行家のアンジェロ氏は、大のバッハ好きだった。長女のところに生まれた二人の孫にジョヴァンニ（ヨハン）とセバスティアーノ（セバスチャン）という名をつけ、三人目が男の子だったら、バッハだ、とみなでよく笑ったものだ。その日はだれが言いだしたのか、ガッティが音楽に関しては鼻もちならぬスノッブだということになった。ガッティの大学の卒論のテーマはアルビノーニで、このヴェネツィアの作曲家の名がほとんど素人に知られていなかった当時、わざわざそんなややこしい作曲家について論文を書くガッティが我慢できない、とみなが彼をからかったのだった。そのあと、ずいぶん長いこと、何人かの友人は「われらのアルビノーニ」とガッティのことを呼んでいた。やはりそのころ、私がムスタキというフランスのシンガー・ソング・ライターの歌が好きだと言うと、ガッティは困ったような顔をして、あんなやつの曲を君が好きだなんて、そんなはずはないよ、君は歌詞と音楽を混同しているんだ、ムスタキの歌詞はいいけど、音楽は耐えられない、となぜかむきになり、このほうがいいと言って、レナード・コーエンのレコードをくれた。そういえば、あれから二十年、ムスタキはほとんどうわさにのぼらなくなったけれど、レナード・コーエンの名はいまでもときどき何かに出ている（エディット・ピアフの愛人だったと言われるムスタキはまだ生きているのだろうか)。

銀行家とガッティの関係は戦時中のレジスタンスにさかのぼり、仲間どうしで非合法パンフレットを印刷していたと聞いたことがある。年齢から考えると、ガッティはまだ高校生ぐらいの年頃だったのではないだろうか(ほんとうを言うと、ガッティの年齢は、私たち仲間のミステリーのひとつだったが、彼がわざと秘密にしていたのではないようにも思う。かなり私たちよりはずっと年長だという神話のようなものがあって、そのためこちらが面映ゆくて、聞きそびれたのである)。そんな若者がやはりレジスタンスに参加していたのだろうか。それは銀行家の長男のパスクアーレが生まれてまもないころで、そのグループの非合法印刷物をパスクアーレの乳母車にぎっしりつめて、その上に赤ん坊をのせて、目的地に運んだという話を何度か聞いた。そのパスクアーレが大学時代、学生運動の波に巻きこまれて、勉強を放棄しそうになったことがあった。そのころ、彼はガッティ以外のおとなには近づかなくなり、両親はガッティを通して息子の消息を得ていた。次男で末っ子のベネデットは、長いことコルシア・デイ・セルヴィ書店の最年少の顧客として、みなにかわいがられていた。彼が連れて来られるようになって、書店に子供の本を置くことになったのだそうだ。でもベネデットはまたたくまに子供の本を卒業してしまって、ちっぽけな小学生のころから、社会学やら心理学の問題をガッティにたずねては、ガッティを半分よろこばせ、半分心配させていた。

フェッロ出版社をやめてからのガッティは、いわゆる正業はなくなって、いろいろな外注の仕事で生活していたらしかった。彼は以前にもまして気むずかしくなり、友人たちも彼を避けるようになった。それでも、私が七一年にミラノの生活に終止符をうって日本に帰ろうと決めたとき、ガッティはあるフィレンツェの大手出版社のミラノ支店の編集部員になっていた。編集部といっても、たいした仕事があるわけではなく、名刺の肩書以外、これといったおもしろみのない職場のようだった。それでも、今度は死んでもはなさない、と彼は気弱に笑いながら言っていた。

日本に引きあげることになったある日、私はガッティの家をなにかの用で訪ねた。まだ翻訳やら、書評やらの仕事が残っていて、私は夜もろくろく寝ていない日が多かった。ガッティはなにやら、校正のような仕事をしていたので、私は区切りのよいところまで待つあいだ、ソファで新聞を読んでいた。そのうち、まったく不覚にも、私は眠りこんでしまった。いったい、どれくらい寝たのだろうか。ふと気がつくと、ガッティが仕事机から、ちょっと困ったような、しかしそれよりも深い満足感にあふれたような表情でこっちを見ていた。ごめん、ガッティ、疲れていたものだから。そう謝りながら、私はガッティのあたたかさを身にしみて感じ、それとともに、もうこんな友人は二度とできないだろうと思った。

日本に帰った私に、ガッティは次々と新聞の切抜きを送ってくれた。それは文芸批評であったり、宗教論争であったり、ときには漫画の切抜きだったりした。二年、あるいは三年に一度、私がミラノに帰るたびに、ガッティは、しかし、おどろくほど老けこみ、愚痴っぽく、疑い深くなっていた。もともと愚痴の多い人だったが、年とともに、ガッティの周囲は敵ばかりかと思うほど、彼はみんなを怖がり、私にも誰彼に注意するようにと繰りかえした。何人かの古い友人が口をそろえて、才気にあふれた、冗談好きな昔のガッティはもういなくなった、と悲しんでいた。例のフィレンツェの出版社の仕事はそれでもほそぼそとつづいている様子だった。

ある年のこと、イタリアで夏を過して日本に帰って来ると、ミラノから手紙がとどいていた。その年はずっとフィレンツェにいたので、ミラノを素通りして日本に帰ってしまったのだった。手紙はコルシア・デイ・セルヴィ書店の友人のひとりからで、ガッティがとうとうわけがわからなくなって、ひとりで暮らせなくなり、病院に入ることになった。病名はアルツハイマー症候群とやらで、よくなる希望はないらしい。昔の友人が何人か集まって世話をすることになった。いま、彼を受け入れてくれる病院をさがしている。究極的には、彼の年金ですべてまかなえるはずだが、それがおりるまで、財政面は友人たちで面倒をみる。君もよかったら、参加しないか、というすじあいの手紙だった。

　実をいうとその年、イタリアに行くまえに、私は二度、ガッティから手紙をもらっていた。どちらも、ひどくふるえた手で、便箋というよりは、くしゃくしゃの紙切れに書いた電報のような手紙で、ひとつには、「日本の木靴《ゾッコリ》おくれ」、もうひとつには「大豆のソースを一リットルたのむ」とだけあった。いやだなあ、ガッティは耄碌したのかしらとは思ったが、それ以上深く考えもせずに、私は大きなサイズの男下駄を一足と、缶入りの醬油一リットル送ったところだった。友人の手紙を読んで、私は胸をつかれた。時間がなかったというのは言い訳にすぎず、耄碌したガッティに会いたくなかったから、私はミラノに寄る時間をつくらなかったのだった。手紙にはまた、そんなガッティを親身に診てくれているのは、今は著名な神経科の医師になっている、あの銀行家の次男坊で、昔ガッティにかわいがられたベネデットだとあった。

その翌年、ふたたびイタリアに旅行した機会に、私はガッティの病気を知らせてくれた友人に連絡をとった。ガッティはミラノの南、三十キロほどのところにあるクレーマという町の、老人ホームのようなところの世話になっているということだった。ガッティに会いたい、と私は友人に頼んで、ある一日、クレーマに連れて行ってもらった。彼の運転する、すばらしく乗り心地のよい赤いアルファ・スッドが、精神を病むガッティのところに行く私の気持とは、なにかひどくちぐはぐだった。

ホームの待合室のようなところに、男の看護人に付添われて出てきたガッティは、思いがけなくさっぱりとした顔をしていた。年齢を跳びこえてしまった、それは不思議なあかるさに満ちた顔だった。私の知っていた、どこかおずおずとしたところのある、憂鬱な彼の表情はもうどこにもなかった。山ほど笑い話の蓄えをもっていて、みんなを楽しませてくれたガッティも、もちろんアルビノーニのガッティも、その表情のどこにも読みとれなかった。私を案内してくれた友人が次々とポケットから出すキャンディーを、ガッティはひとつひとつ、それだけは昔と変わらない、平べったい指先で大事そうに紙をむきながら、うれしそうに口にほうばり、なんの曇りもない、淡い灰色の目でじっと私を見つめた。ムスタキのかわりにレナード・コーエンをくれたガッティ、夫を亡くして現実を直視できなくなっていた私を、睡眠薬をのむよりは、喪失の時間を人間らしく誠実に悲しんで生きるべきだ、と私をきつくいましめたガッティは、もうそこにいなかった。彼のはてしないあかるさに、もはや私をいらいらさせないガッティに、私はうちのめされた。

まもなく夕食の時間がきて、ふたたび看護人がガッティを迎えに来た。チャオ、ガッティ、という私たちのほうを振り向きもしないで、ガッティは食堂に入ると、向うをむいたまま、スープの入った鉢をしっかりと片手でおさえて、スプーンを口に運びはじめた。幼稚園の子供のような真剣さが、その背中ぜんたいににじみでていた。

さくらんぼと運河とブリアンツァ

「二つの山系にはさまれ、途絶えることない山の背の、あるものは水に迫り、あるものは窪みとなって大小の入江をつくる、コモ湖が南に延びるあの枝の部分が、不意にせばまるかと思うと、岬を右手に広々とした岸辺を左に、流れをつくって、やがて川となるあのあたり……」

これは、アレッサンドロ・マンゾーニの有名な作品『いいなづけ』の、これまた有名な一節である。コモ湖はミラノの北五十キロほどのところに位置するが、南北に長くのびたこの湖は、南端が二俣に分かれていて、西の枝の先端にある町がコモ、そして上にかかげた一節にあたる部分、すなわち東の枝の先端にあるのがレッコである。

ミラノを頂点として、このコモとレッコを結ぶ線を底辺に逆三角形にひろがるこの地方はブリアンツァと呼ばれ、古くからのミラノ人が一種のあこがればかりか、ほとんど畏敬の念を抱いている土地である。それが、マンゾーニを生んだ土地であり、彼の小説ゆかりの地であることだけでなく、往時はミラノの貴族たちが、そして産業革命以後はコモの絹糸で産をなした実業家たちがこの地に競って領地を拓いたからでもある。ブリアンツァは、多くの庶民にとって、いつかは自分も主人顔で（召使、あるいは小作としてではなく）住んでみたい土地であったのかも知れない。ミラノの北に、ゆるやかな起伏をかさねてひろがるこの辺りは、ロンバルディア地方ではめずらしく土地が痩せていて、これといった作物がない。ミラノの西も東も南も、イタリア随一のゆたかな水田地帯であるから、赤茶けた地肌を太陽にさらすブリアンツァの風景は、それとは対照的な不毛なあかるさが目だつ。遠い記憶をたどってみても、あたまに浮かぶのは夏の太陽に照らされた斜面に、風にそよいでいるトウモロコシとまばらな果樹園以外に、作物は思い出せない。土地が痩せているばかりでなく、風景にもこれといったアクセントがない。コモ湖でも北のほうに行くと、もうアルプス山系で、山のかたちも峯々が屹立していて、その景観に息をのむ。しかしブリアンツァは、ただ低い丘陵がどこまでもつづいているだけで、すこぶる変化に乏しく、観光案内にもほとんど出てなくて、百科辞典などでも、「現在、ミラノ北部の工業地帯として急速に発展中」くらいで片付けられている。この地方に散在する大小の町の多くは、今日、薬品工業で栄えていたり、家具工場があったりで、なんの変哲もない。この地方を車で行くと、高い石塀にかこまれた領地によく出会う。巨大な鉄の門から、並木道を透かして宏壮な館が遠くに見えるだけで、石塀はかたくなに外部の目を拒んでいる。

しかし、ある年齢以上の人に聞くと、この赤茶けた風景もこの半世紀のことであり、以前このあたりはどこを向いても桑畑だったという。現在もコモは絹織物で名高いが、養蚕業はほとんど絶滅してしまった。桑は見棄てられ、その代りの農作物が考えられる以前に、ブリアンツァは、コモ湖にごく近い山の別荘地をのぞいては、急速に工業地帯としてのアイデンティティーを持ちはじめた。

私がこの地方を知るようになったころには、その解体はすでにはじまっていたのだが、それでも、ブリアンツァと聞くと、古くからのミラノ人は、やさしい顔をした。リヴィエラやコルティーナ・ダンペッツォ、あるいはトスカーナ海岸のフォルテ・デイ・マルミなどに別荘を持つ人たちのヴァカンスは、いわばフランス風であったり、オーストリア風であったり、イギリス風であったりする。だが、ブリアンツァの領地で夏を過す人たちには、祖先から受け継いだロンバルディアの土の匂いが感じられ、たとえその人たちが庶民には手のとどかぬ金持であっても、古いミラノ人にとっては彼らの富が誇らしい。だから、この地名はなつかしく耳に響いて、ミラノ人たちの胸の底に、郷愁にも似た感情を呼びさますのだ。

そんなブリアンツァが、ナタリア・ギンズブルグの『マンゾーニ家の人々』を訳していて、じわじわと記憶にもどってきた。この本は、マンゾーニの生涯を、彼の生前に家族や友人が相互に書き送った手紙を土台に構成された、手法からいうと、森鷗外の史伝を思わせる、すぐれた作品である。マンゾーニは、日本のいわば明治維新にあたる、イタリア統一の時代の建国思想を代表する作家だから、この作家の生涯はこれまで必要以上に神話化されてきた。多くのイタリア人はこの神話を、家でも、学校でも、聞かされつづけて、それこそ耳にたこができている。そんな人物をギンズブルグは、神話を真っ向から解体してみせることはせずに、ごちゃごちゃした家族（もともと家族というものは、ごちゃごちゃしたものである）の手紙の中に組み込んでしまい、そうすることによって、この大作家を、時代の断面図の中のひとつの核にすぎぬ存在にしてみせている。さきに鷗外の例をひいたが、ギンズブルグの引用した手紙が、おもに、マンゾーニ家およびその周囲の女性たちのものであったことから、鷗外の史伝に描かれる文人たちの、どちらかというと、武家ふうの地味な家庭の雰囲気にくらべると、ほとんど対照的にはなやかで、感情的で、はてしなく饒舌である。著者のギンズブルグはそれを忍耐深く綴じあわせて、一九世紀を通して生きた、ひとつの稀有な家族の肖像を描きあげた。

貧乏貴族の家に生まれた孤独な少女たち、制度としてしか意味をなさない結婚、夫に愛情をもとめてもがく若い妻、あまりにも形式的な宗教の戒律を守りきれない魂たちの苦悩、母親の生命を決定的にむしばみながら生まれてくる子供たち、あるいは閃光のような生の思い出を名残に夭逝してゆく赤子たち、著名人の父親に金銭を浪費することでしか反抗できない息子、栄光の頂点にありながら、突如、老いて力つきてゆく老人……。どの家族もそうであるように、そして、それが神話化された主人公を擁するだけになおさら、あまりにも不合理と思える悲劇に満ちたこの群像の生の軌跡をたどりながら、私はその背景に、彼らの生きた土地の匂いが色濃く漂っているのを感じた。それは、ナヴィリオと呼ばれた、ミラノ大聖堂をとりかこむ運河が、この都市の社会階級の目にみえる隔壁であった時代のミラノの匂いであり、またこれらの人々のつましい暮しを経済的に支え、時には息のつまりそうな日々に、なにがしかの愉楽をもたらしてくれたブリアンツァの風光の匂いでもあった。それらのページを埋める遠い時間の出来事を自分の生きた時間にたえず重ねあわせながら私は訳していった。

多くの人物や事件が、この波瀾に富んだ物語を織りなす中で、私がとくに不思議な親近感と感動を覚えて読んだのが、文豪マンゾーニの次男のエンリコという人物だった。幼なくして母親をうしない、寄宿学校に送られ、やっと卒業して家に帰ると、父親にはあたらしい妻がいる。わがままな継母から彼をまもってくれるはずの祖母は、年老いて往時の権力を全面的に失っている。そんな薄幸の少年時代にもかかわらず、やがて彼は富裕な家のやさしい娘を妻として、彼女の持参金であるブリアンツァの領地にある宏壮な邸に暮らすことになる。この妻エミリアと、エンリコのすぐ上の姉ソフィアはとりわけ仲がよく、二人の女性は生まれてくる子供たちのために美しい産着を準備し、命を落とすことになるかもしれない出産を怖れ、庭園で採れたくだものや草花をとどけあう、優雅な日々を過す。しかし、エンリコとその美しい妻には、決定的なひとつの短所があった。どちらも現実に対処するすべを、まったく欠いていたのである。エンリコは絹商人になることを夢みるが、そのため、土地も邸もすべてを失う。

ひとつの破局に遭遇するたびに、彼は有名な、畏敬する父親に、そして、その父親が老いてしまった晩年には長兄ピエトロに、なにがしかの援助をもとめて切々たる手紙を書く。

どちらの返事も、時が経つにつれて、冷淡になる。文豪は不肖の息子を憐れみはするが、これを全面的に支えてやる余裕はない。

はじめは、彼が、寄宿学校時代に教師から教えられて書いた、父親への感謝と挨拶の、たどたどしいが、ほほえましい手紙。あたらしいお母様によろしく、という少年の言葉が胸をつく。それが、成長するにつれて、未来の事業への抱負を語る夢物語となり、ついには借金を要請する悲痛な人生破綻者の手紙になる。

破局から破局を経て、エンリコはミラノの下町に住むことになるが、それは各階に「踊り場《バラトイオ》」のある建物だった、というくだりがある。これは、おそらくは現在も残っていると思うが、ミラノの下層階級の人たちがかつて住んだ共同住宅で、一階ごとに、中庭をぐるりとかこむバルコニー（踊り場）があって、それぞれの家のドアがそれに向って開いている。そのバルコニーの外側には、貧素な手すりがついていて、それがまた、この建築の安っぽさをものがたっている。廊下が外にある、といってしまえばそれまでで、なんということはないのだが、ミラノ人にとっては「踊り場のある家」と聞いただけで、その手すりに、からだを乗り出すようにして、外を見ている娘たちや、いちめんに干した洗濯物や、そして、中庭に向って階上からわめく声などが、錯綜して記憶にもどってくる。そんな家のことを人々はよく「絵のような」などと表現するが、だれも自分は住みたくないと思っている。エンリコが住んだのはそんな建物だった。これらの家の、もうひとつの特徴は、各戸にお便所がないことで、それはバルコニーの隅に、各階にひとつあるだけだ。

六〇年代から七〇年代にかけて、ミラノは「文革」の波にあらわれ、多くの思いがけない人が、思いがけない言動に出たが、私にミラノのことをいっぱい教えてくれた、大切な古い友人のひとりマリウッチャが、あるとき急に下町に部屋を借りて、未亡人の母親と別れて暮らすことに決めた。その部屋のあるのが「踊り場」の家だと聞いて、ちょっとアンティークですてきだという気持と、どうしてまた、そんな不便たらしいところに、というのが正直いって私の感想であった。三十歳の後半で独身、公立小学校の校長をしていた彼女が、長年住みなれた両親の家を出て、どうしてそんな家を選んだのか。でも、中流の、なにもかも調った、見晴らしのよい、清潔そのもののような、しかも人間のしてよいこととわるいことが極端にはっきりしている母親のモラッティ夫人（彼女も亡くなったご主人も中学校の教師だった）の家を彼女が捨てた気持は、わからなくもなかった。大企業で一応成功している長男のルカ、美しい妻と三人の元気な男の子の父親である次男のカルロを兄に持つマリウッチャは、みなにかわいがられながら、なにをしても自信がなかった。仲間からはまず成功といえるキャリアを羨ましがられながら、自分はぶすだ、自分はあたまが悪いと言いつづけて、母親を困らせていた。だから、「踊り場」の家を手に入れたと聞いたとき、私はこころのなかでよろこんだ。マリウッチャがやっと自主的な人生の選択をすることに決めたと思って。

ある晩、彼女がその「踊り場」の家に連れて行ってくれた。ミラノにはめずらしい大雨の夜で、道路にとめた車からそのアパートメントに着くまでに、私たちはずぶぬれになった。これといった家具もなく、カーテンもまだついていない、裸電球に照らされた壁だけがやたらと白いその部屋で、私たちは、どしゃぶりの雨の音を聴いていた。いい部屋ね、こんな生活がしてみたい、と口では言いながらも、私はあたりの貧しさに圧倒される思いだった。

数日後、偶然、別の友人から彼女が幼な友達のソフィアのつれあいで、電気器具の販売員をしている男といっしょになったことを聞いた。おとなしいソフィアが(彼女は家族といっしょにモラッティ夫人の階下のアパートメントに住んでいた。私も何度か会ったことがある)身障者だったこと、彼女がその男と結婚することになったときも周囲が猛烈に反対したことなどを考えあわせて、これが、みなの待望していたマリウッチャの独立だったのかと思うと、私はやりきれない気持だった。そのことが、「踊り場」の家で二人で聴いた雨音とまざりあって、私はいまもマリウッチャに会えないでいる。

あの雨の夜の物音や匂いが、エンリコの家の描写とかさなる。エンリコの家のある建物の一階は安料理屋になっていて、そこで、エンリコの長女の結婚式の宴会がおこなわれる。文豪マンゾーニが列席するとあって、物見高い隣人たちは、われさきにその姿を見にやってくる。その宴のあと、花嫁がいなくなり、みなが探していると、彼女は、めずらしくおなかいっぱい食べたことに興奮して、階段を駆けおりてくる。ああ、腹いっぱい喰っちゃったよお、というような意味のことを、聞くに耐えない野卑なミラノ弁で大声にどなりながら。

エンリコの隣人たちは、この文豪の息子をずっと後まで憶えていた。ながい失業生活のあいだ、彼はいつも、運河の橋の上に立って、なにか考えているようだったという。いったいなにを考えていたのか。なにも考えないで、ただ水の流れるのを眺めていたのではないだろうか。そして、考えあぐねて、ただ水を見ていたエンリコに、著者のギンズブルグは痛いほどの親近感をおぼえていたのではないだろうか。

いま、ミラノの中心部をとりかこむナヴィリオ運河はすべて覆われて、その上が道路になっている。直径がおそらくは二キロに満たない環状線でもあるこのナヴィリオの南端には、いまもダルセナ（ドック）と呼ばれる地点があって、その辺りから南へ行く運河が二本出ている。その運河は、ナヴィリオ・ティチネーゼとか、ナヴィリオ・パヴェーゼとか呼ばれていて、環状線の「ナヴィリオ」と区別されているが、その辺りに行くと、貧しかった古いミラノの雰囲気がいまも漂よっている（『北ホテル』というフランス映画があったが、ちょっとあの辺の雰囲気に似ている）。気候の変化で最近めずらしくなったといわれる冬の霧の朝など、そこに行けば、まだどこかのエンリコが立ちつくして、水の流れを見ているかもしれない。

古くからのミラノ人たちは、ナヴィリオがなくなって、ミラノの町の風情が失われたと嘆く。ナヴィリオの内側と外側が、いわば正規の外廓である城壁以前にひとつの区切りを作っていて、外側の人々が話すミラノ弁は、正統とはみなされない、と友人のガッティに聞いたことがある。生粋のミラノ人だった彼の両親の先祖は、いったいなにをする人々だったのか。ナヴィリオの内側に住んでいたと聞いたことがあるように思うのだが、職人とか、そういうこまかい仕事をする人々だったような気がする。ミラノで、外国の占領軍と結託したりして、甘い汁を吸ったり、居丈高になっていた人々ではないように思える。それは、戦争があっても、荷車やなんかに家財道具を積み込んで逃げ、また静かになると戻ってくる、といった人たちだったような気がする。そんな中から、ガッティの両親の愛国心や社会主義が出てきたような、そんな気がする。

エンリコは、幼時、夏を過した、ブリアンツァの片田舎にあるブルスリオという父の領地を生涯忘れることができなかった。そのブルスリオで、ある年、さくらんぼがたくさん採れた、と聞くとエンリコは父に手紙を書いて、せめてぼくにもひと籠くらいお送りいただけないでしょうかとねだる。いい歳をした彼がこんなことを頼んだのは、ブルスリオの領地の管理を任されていた兄のピエトロ一家へのやっかみもあったのではないか、と著者のギンズブルグは述べている。ピエトロに気を遣ってのことか、それとも単にブルスリオのさくらんぼがもう終っていたのか、父親は、よそで買ったさくらんぼを送ってやる。

『さくらんぼの季節』というなつかしいフランスの歌があるが、ヨーロッパ人にとって、さくらんぼは、それが一年でもっとも美しい季節に実ることもあって、ミラノの人たちは、毎年、これが八百屋の店頭に出るのを楽しみにしている。さくらんぼは四月ごろに、まず都心の高級ブティック街の、初物ばかりを扱う青物屋の店頭にならぶ。それを町っ子は、もうさくらんぼが出ていたと話題にして、心を躍らせて初夏の到来を待つ。そんなミラノにおかしな言いつたえがあって、それによるとさくらんぼは六月二十四日までに食べなくてはいけないのだそうである。その日を過ぎると中に虫が入るからなのだそうだ。その虫、小さな白いウジ虫（それもさくらんぼにだけつく虫なのだが）をミラノでは、「ジョアニン」と呼ぶ。「いる?」「なにが?」「あいつ」「ああ、ジョアニンのこと?」そんな会話が毎年、あきることなく交わされる。ジョアニンとはジョヴァンニの愛称で、六月二十四日は、夏至の日だが、聖ヨハネ祭でもある。ヨハネのイタリア語読みが、ジョヴァンニだ。この日を過ぎると、さくらんぼの味がぐっと落ちる。少なくともミラノの人はそう信じている。それを、虫にかこつけて、毎年おなじ冗談でふざけあうのだ。

これを私に教えてくれたのは、しかし、ミラノ人ではなくてドイツ人で、フランクフルトの日刊紙の芸能特派員をしていた、ハンジィ・ケスラーだった。それはさくらんぼを食べたのだから、六月だったに違いないのだが、ある日友人たちと、仕事のあと車で、（それこそブリアンツァの）なんという村だったか、森かげのレストランに食事に行ったことがあった。これも、夏が近くなるころの、ミラノの人たちの年中行事のようなもので、仕事のあと、たいていは即興的に友人たちを誘いあわせて、町の外に食事に行く。夕方の薄明がながいから、七時にミラノを出ても、田園の風景はまだゆっくりと愉しめる。今年はだれが、どんな特徴のあるレストランを発見したかを競いあうのだ。それは、思いがけなくミラノの場末にあったりすることもあるが、たいていは郊外の緑をもとめて出かける。

その夜のごちそうは、リュガネガとこれも方言で呼ばれる小ぶりの粗挽きソーセージの入ったリゾットだった。リゾットは、当然、ミラノ風にサフランが入っていて黄色い。日本の客にこれをすすめると、お米が生煮えですねと変な顔をされるが、生煮えと煮え過ぎの境の微妙な接点で火をとめるのが難しい。小さいレストランだったが、客がいっぱいで、私たちのテーブルは店からはみだした半分が岩のようなところにかかっていて、ガタガタしたのを憶えている。

ワインはよし、仲間はよしの愉しい食事のあとに出たさくらんぼを見て、ハンジィと友人のルイジが、なにやら議論をはじめた。六月二十四日と日を区切るのはどうしてか。これはミラノだけの風習なのか。例のごとく、だれも問題の解明など期待していないイタリア式の議論で、夜は更けていった。ルイジは古いミラノの家柄の出で、ブリアンツァに裕福な父親の宏壮な別荘があった。彼自身はかなり名の売れた作家だったが、生粋のミラノ人であることが自慢だった。故事来歴にはうるさくて、古来のミラノ弁を話せる人間がいなくなった、といつも嘆いていた。

ハンジィは大聖堂の頂きの金色の聖母像がすぐそこに見える、ひろいテラスのある都心のペントハウスに住んでいた。薔薇と夾竹桃の大きな鉢のならんだあのテラスは、夫の死んだあと、私にとってミラノでいちばん心のやすまる場所だった。夏の夜、ハンジィは何度か手料理で私を招待してくれて、私たちはそのテラスで、夜の更けるまで話しこんだ。ハンジィはベルリン生まれで、若いころは舞台女優だったが、母方のお祖母さんがユダヤ人だったため、戦争中は舞台を追われ、しかも夫は戦死したのだった。ひとり娘のカティアを育てあげ、数年まえからミラノに住んでいた。そんな自分の歩いてきた道を、あのベルリンなまりの重くるしいイタリア語で、彼女はとつとつと話し聞かせてくれ、私はたとえ短い時間でも自分の現在置かれた状況を考えずにすむことに、なによりも救われる思いで耳を傾けた。いつかは、花の咲きみだれるこんなテラスを持てるようになりたい。生きるだけでも骨の折れたあの日々に、彼女の話を聞きながら、いつもそう思った。

マンゾーニ家の人々に話をもどすと、エンリコはあげくのはて商売はやめて、(逼塞したあと、近郊の村の居酒屋の二階に間借りし、部屋代はもちろん、冬の薪代まで父親に無心するような、悲惨な時代を経て)ようやくミラノに帰り、家を見つける。やがて、国立図書館の出納係の職を得、はじめはミラノのブレラ図書館で、のちにはローマの図書館に勤務する。長兄のピエトロは、すべてを父親のために犠牲にしたような男で、晩年のマンゾーニはピエトロがいなくなったら自分はどうなるだろうと怖れていたという。そんな模範生の兄とは正反対の道を歩いたエンリコは、文豪マンゾーニの重荷でありつづけたはてに、ローマで生涯を終える。晩年はすっかり記憶がみだれて、昔マンゾーニ家の領地だったカレオットをはじめ、いまは人手にわたったブリアンツァのすべての領地が、ふたたび自分のものになったと思いこんでしまう。ギンズブルグは、「どれもこれも、すべて(父親の書いた)『いいなづけ』にでてくる土地だった」と結んでいる。

ウンベルト・サバという現代詩人が、北のトリエステという町を、「花をささげるには、あまり／ごつい手の……少年」と形容した詩があるが、中部ヨーロッパの影響の濃い北国

パでは、まだ日本人がめずらしいこともあったのかもしれない。スペイン広場を見下ろす、建築雑誌に出てくるようなしゃれたペントハウスに居をかまえる、なんとかいう貴族の家で、アメリカのジェット・セット・ソサエティーの連中と食卓を共にしたときもそうだったし、フランスの著名な学者の老未亡人が、ピンチョ公園に面した美術館のような自邸に案内してくれたときもそうだった。

その日もマリアはこともなげに、私たちを招待してくれたのはボルゲーセ公爵令嬢のカヴァッツァ侯爵夫人だと言っただけである。その調子の簡単さにつられて、私はその招待がどんなにきらびやかなものでありうるか想像をめぐらすこともなく、ふらふらと彼女について行った。ローマの古い地区にあるボルゲーセ宮殿まで来て、ヴァチカン宮殿などで見た巨大なドアのまえに、つめえりの派手な縞もようの制服を着た召使が立っているのを見て、この招待が並々ならぬものであることにはじめて気がついたのだった。

最初どんな部屋に通されたか、カヴァッツァ夫人にどのように迎えられたか、まったく記憶にないのは、それほど私があがっていたからだろう。いよいよ、ルネッサンスの絵画によくあるような横長のテーブルで、目もあけられない感じのきらびやかな人たちがいながれているのを見たときには、息がつまりそうで、旅行着のままの自分がひどく場ちがいなのに顔もあげられぬ気持だった。なにか日本のことなどを、カヴァッツァ夫人にたずねられ、私は精いっぱいに答えていた。また、彼女がそんな質問をするたびに、テーブルにつらなる顔の列がいっせいにほほえみを浮かべてこっちを向くのも、ただそら恐ろしく思えるのだった。食事のあと、邸内を案内されたが、金色に塗った寝台のまうえの天井にヴェロネーゼだったかの絵画がある寝室には、あらためて度肝をぬかれた。あの寝台の中に、白いシーツがあるとはとても思えなくて、そのきらびやかさ、豪華さに私は、ただとまどっていた。

マリアはその日も、とくべつな装いはしていなくて、私をまえにたてて、得意そうにスタスタ歩いていた。たぶん、いつものストラップのついたヒールのない茶色のサンダルをはいていたと思う。いまの私なら、あの夢のような宮殿を日常に用いている人たち、そしてあのヨーロッパ史のエッセンスのような家族や招待客たちに、もっともっと興味をもち、もっともっと質問し、それにもっともっと驚いていただろう。当時の私はあまりにも無智で田舎者で、ローマのボルゲーセ宮殿で食事に招待されるというのがどれほど得難いことなのかを、理解しようともしてなかった。自分が恥をかかないように、それぱかりに気をとられていた。それにしても、マリアには不思議な友人があると思った。

明日にはローマを出発するという晩、マリアと食事をした。安価でおいしいというトラットリアに彼女は連れて行ってくれた。そのとき彼女は、いつものように自分の友人の話をして、ふと、マギー・カッツは戦争中ドイツの収容所にいたときからの友人だと言った。え、と後をたずねる私に、うん、でも、つらかったときの話はやめようと言って、マリアは口をつぐんでしまった。ただ、母がユダヤ人だったものだから、と言っただけで。そのあと、食事代をきっちり半分にわけて払ったのも、私には新鮮だった。そのころ貧乏留学生だった私たちに、たいていのヨーロッパ人はおごってくれたからである。自分でお金を払ってみると、マリアとはなにか対等でつきあえるという気がし、それがかえって特別な好意のように思えて、うれしかった。

パリに戻った私のところに、マリアはまた頻繁に便りをくれた。私はまだイタリア語のイの字も知らなかったから、たぶん英語だったのだろう。じぶんの動静を知らせ、友人についての何行かがあり、そしてまた会いたいというくらいの内容で、まったく他愛のないものだったが、いつも葉書からはみでそうに、こまかい字でびっしり書いてあった。あるとき、マリアを知っているという女性にパリで会った。ミラノの人でカトリックのグループでの知己らしかったが、その人がマリアは四十八歳だと言った。とてもその年にはみえない、というのが私たちの一致した意見だった。二十代の私にとって、四十八歳というのは、はるか彼方の年齢に思えたのだが、老人じみたところが、彼女にはまったくなかった。

大学の講義やそれに関連する読書を通じて、私は少しずつイタリアの言葉と文化にひかれはじめた。マリアのこまかい字の葉書が、その気持をはぐくむのに一役買っていたのはたしかである。事実、ヨーロッパ人で、あのころ手紙をくれるような友人は彼女だけだった。大学での必要に迫られて、イタリア語を勉強したいという私に、マリアはペルージャに友人がいるから紹介してもいい、と書いてきた。ペルージャの外国人大学なら、ひと夏で一応、基礎は習得できるはずだった。マリアのきもいりで、ヨーロッパ二年目の夏を私はこの中世の町で過すことになった。六月三十日にペルージャに着いて、その日のうちに、下宿を紹介してくれたマリアの知人に会いに出かけた。それはペルージャ市立図書館の館長さんで、天井まであるくすんだ色の書棚にかこまれた、ひろい立派な部屋で会ってくれた。いったい何語で話したのか、いまでも狐につままれたような気がする。私のペルージャ滞在がこころよいものになるように、という意味のことをその人が言ってくれたのを憶えているからである。とにかく、私のペルージャ留学はマリアのおかげで実現したので、彼女がいなかったら、私はスペインに行っていたかも知れないし、私の生涯がイタリアとこんなに濃くつながることは、たぶんなかっただろう。

二年のパリ留学を終えて日本に帰ってきた私のところに、マリアはまたせっせと葉書をくれた。いつものように横書きでは足りなくて、その周囲にぐるぐると書きたしてあった。それを読み解くのは、いつまでたってもひと苦労だった。

そのころから、マリアは当時イタリアでカトリック左派といわれたグループが出していた小さな出版物を送ってくれるようになった。政治運動とはおよそ関係のなさそうなマリアとこのグループのつながりは、あまり判然としなかったが、寄稿者のなかでいつもPとしか署名しない人の書くものが私の目をひいた。過激ではなくて、対象をゆっくりと見つめるその文章が好もしくて、印象に残った。それが夫の書いたものだとわかったのは、結婚してずっとあとのことである。

一九五八年、私は、あらためてイタリアに留学し、ふたたびローマでマリアに会うことになった。マリアの紹介で、私は例の出版物の人たちと近づきになり、彼らに誘われて行ったジェノワのある集会で、それが本人とは知らぬまま、Pに会って、やがて彼と結婚し、ミラノに住むことになった。結婚してからも、大文字のBに特徴のある、きれいとはお世辞にもいえない、微視的な文字で埋められたマリアの葉書が一年に何度か私をおびやかし、読めないところは夫が読んでくれた。それでも私は、マリアの存在が私たちの邂逅に寄与していたと考えたことがなかった。

夫が仲間といっしょにやっていた書店に、マリアはときどき現れて、そんな日は、夫が店から帰ると、マリアからの「よろしく」を伝えてくれた。彼女は、私などがミラノに行くずっと以前から、この「カトリック左派」の書店の常連だったのだ。ローマでの仕事が定年になって、彼女はミラノで一種のボランティアのような職についていたが、忙しいような、忙しくないような仕事だったらしい。そのころ、ようやく、マリアがもともとミラノの生まれだ、と夫から聞いて知った。

ミラノという伝統にうるさい町と、結婚という生活の変化に気をとられて、マリアの存在は私の日常から急速に遠ざかっていった。それまで自分の友人だけに頼って生きていた私に、夫の友人、夫の家族という、あたらしい関係の人たちが出現したことも、マリアを私の生活から遠ざけた理由だったろう。

そのころ、家事にうとい私のところに、一週間に二度来て掃除も洗濯もアイロンかけも、すべてをこなしてくれるアデーレという女性がいた。そのアデーレがマリアの家にも一週間に一度行っていると彼女自身の口から聞いたときは、ほんとうにあいた口がふさがらなかった。しかも、アデーレはマリアがきらいで、なにか彼女の恩人にあたる筋への義理で断われずに通っているというのである。アデーレはマリアがケチだと言った。大きなグランド・ピアノや、数えきれないほどのボール箱につめた高価な食器があるのに、彼女は自分の使うもの以外は、ぜんぶ地下室に置きっぱなしで、手も触れないのだという。私をふくめて知人のことを話すとき、アデーレはかならず、どこそこの奥さんというふうに敬称をつけるのに、どうしたものか、マリアはただのボットーニとしか呼んでもらえなかった。私はもっとマリアを尊敬してほしいと思ったが、アデーレは頑固にこの呼び方を変えなかった。イタリア語で「退屈な長ばなしをする」というような意味で「ボタンをつける」という表現がある。ボタンはボットーネだから、マリアの名字はよくこれにつなげてつかわれていた。「ボタンつけのマリア」といって書店の仲間が彼女を敬遠しているのを何度か聞いたことがある。ひとり暮しのマリアはさびしかったのだろう。

夫が死んで、四年後に私は日本に帰ることになった。ミラノを離れる日も決まったころのある夕方、マリアと市電の中で会った。「うちに寄っていらっしゃいよ」とマリアは言ってくれた。私の家からわずか停留所三つの距離だった。べつに急ぎの用もなかったので、言われるままに彼女について行った。小さいけれど、アール・ヌーヴォー風の立派な調度のアパートメントで、建築家だった彼女のお父さんの設計だということだった。そういえば、あるとき、死んだ伯母さんの形見だといって、彼女がすばらしいミンクのコートを着ているのを見たことがある。弟さんがお父さんを継いで建築家になり、アメリカに住んでいるとも言っていた。金持なのよ、弟は、とマリアは自慢だったが、それがまたアデーレの不興を買った。弟さんがお金持なのなら、どうしてあの人はアメリカに行ってしまわないんでしょう、というのが、アデーレの論理だった。しかし、アデーレの話にあったグランド・ピアノは、地下室ではなくて、マリアの書斎兼食堂兼客間にあった。かなり広い部屋だったが、たしかにグランド・ピアノは大きすぎる空間を占領していた。弾くの、とたずねると、ええ、ときどき、と言った。若いころはコンサート・ピアニストだったお母さんの形見だということだった。いつもふだん着のマリアが、このピカピカのピアノの前にすわる姿はちょっと想像できなかった。どんな曲を弾いていたのだろう。私がまもなく日本に帰ってしまう、という瀬戸際になって、はじめて自分の家に案内してくれたことも、いかにもマリアらしいと思った。

日本に帰って数年は、なにかと暮しに余裕のないまま時間が過ぎた。ようやく息がつけるようになったころ、思いがけなくマリアから手紙がとどいた。あいかわらずのこまかい字でうずめられた、読みにくい葉書だった。アメリカの弟を訪ねて、そのあとオーストラリアの友人のところに行く。オーストラリアから日本は世界一周の航空券にふくまれているから、ぜひ行きたいと思う。泊めてくれますか、と言う。

その日、成田まで迎えに行くと、マリアは目のふちを赤くしてよろこんでくれた。あなただって、私をジェノワで迎えてくれたじゃない、と言うとわすれな草のように青い目に涙をためた。もうすぐ八十になるから、いま出かけないと旅行ができなくなると思った、と彼女は繰りかえしこの世界旅行を決心した理由を説明した。オーストラリアでは、マギー・カッツの家に厄介になったという。パリのヌイイの瀟洒な家（これは私が勝手に想像しただけである）にいるはずのマギー・カッツが、知らないまにオーストラリアなどに「移民」しているとは驚いた。そして、マリアといっしょに撮ったスナップ写真のマギー・カッツは、昔、私が想像したようにバーグマンにもミシェル・モルガンにも似てなくて、日焼けした、ただの老女だった。

いざ彼女を家に迎えてみると、仕事をもっている私のせまい家での三週間は、ときに息ぐるしいこともあった。彼女が三日間のツアーに参加して京都見物に出かけたときは、正直いってほっとした。一緒に暮らしてみると、マリアはやっぱり「ボタンつけの名人」だった。彼女は日本人が英語ができないといってこぼした。近くの郊外電車の駅に英字新聞が売っていないことに彼女はあきれた。雑誌の自動販売機にお金を入れたらポルノ雑誌が出てきたといって腹を立てていた。私の帰りがおそくなる日には、食事の材料をそろえておくのだが、夜帰ってみると、まだなにも食べていなかった。自分で作るくらいなら、食べないほうがましだなどと言って。どこか見物に行きましょうと言っても、マリアは私の家にいるだけで楽しいのだと言って、外出したがらない。だから京都以外は、彼女はいわゆる日本らしいものをなにも見なかったことになる。

どうすれば、マリアが日本に来てよかったと思ってくれるだろうかと、うっとうしい気分になっていたある晩、なにかのきっかけで、私は彼女に例のドイツの収容所についてたずねた。それが、まったく思いがけない彼女の身の上話を聞く糸口になったのだった。

戦争のとき、マリアはあるミラノの大会社で秘書をしていた。戦争も末期になってパルチザンの活動がさかんになったころのある日、彼女は上司に呼ばれて、きみはひとり住まいだから、ぼくの友人を泊めてやってくれないかと頼まれた。マリアは当然（と彼女は言った。あの頃、ふつうの感覚をもった人間ならだれでもしたわよ、と）その人を泊めてあげた。

平気だったの、そんな知らない男を家に泊めたりして、と私はたずねた。だって、私はその上司を信頼していたから、きっとなにか事情があると思ったのよ、と事もなげに彼女は言った。戦時というものは、不思議なことが常識のようになってしまうに違いない、とすなおに受けとれるなにかが彼女の口調にあった。その男は昼間はいつも留守だったが、ある夜、帰ってこなかった。翌日会社に行くと、例の上司がマリアを呼んで、もし客がなにか彼女の家に残していたら、それを全部処分するようにと言われた。そのまた翌日、彼女は会社でだれかに呼びだされた。警察だった。そして上司といっしょに、そのままサン・ヴィットーレの刑務所に連行された。彼女が泊めた男はパルチザンの隊長だったのだ。だれかが裏切ったに違いない。マリアの家に帰らなかった夜、彼も検挙されていたのだった。刑務所の独房に入れられて、マリアははじめて事の重大さに気づいたという。こわかった、と彼女は言った。

マリアたちは、汽車に乗せられてドイツの（あるいはオーストリアだったかも知れない）収容所に移送された。どうして生きのびたかわからない、そう言うとマリアは私の顔を見つめて沈黙した。

戦争が終るまでどうにか生きながらえた彼女は、連合軍に救出されて、パリに送られた。骨と皮の状態から、ふつうに歩けるようになるまで、さらにものを考えられるようになるまで、どれほどかかったのか、それについてマリアが話してくれたかどうか、私の記憶にはない。

まもなく、彼女は、パリの元抑留者援護センターというか、連絡事務所というようなところを出て、例のマギー・カッツのヌイイの家に迎えられた。彼女も収容所で生き残ったのだが、夫と小さい娘をそこで亡くしていた。

ある日、マリアはあたらしいイタリア大使が自分の知人だということを知った。すぐに連絡をとると、その人は驚いた。マリアはとっくにドイツの収容所で死んだと信じられていたからである。生きてるのなら「レジスタンスの英雄」だ、と言われて、こんどはマリアが驚いた。そんな勲章がパルチザン出の新政府によって決められていたのである。早速、大使が手をうってくれて、マリアは軍用機でイタリアに帰ることになった。

そう決まるまでに、しかし、信じられないような出来事がひとつあった。最初、連絡がついたときに、大使夫人は早速、マリアのためにスーツ・ケースから衣服一切を調達してくれた。そのなかに、夫人のお古で〈バレンシアガ〉だったか、〈ニーナ・リッチ〉だったか、とにかく有名なクゥチュリエの、大きなつばに花かざりのついた帽子があった。収容所から出てきたマリアには、この世にこんな美しいものがあったかと思えたそうである。夜も、それを枕もとにおいて寝た。ところが、大使がマリアのために見つけてくれたイタリア行きの便は、マルセイユまで汽車で行って、そこからイタリアの潜水艦（！）でナポリまで行くというものだった。マリアはそれをことわった。潜水艦には大きな荷物をもって乗れない。そしてなによりも、あの帽子を断念しなければならなかったのである。彼女は軍用機に乗っても、帽子だけはずっと手に持っていたという。

「レジスタンスの英雄」がパリ製のはなやいだ帽子をかかえて、ナポリの空港に降りたった光景は、どんなに滑稽だったろうと、私は笑いがとまらなかったが、マリアはそれほど笑わなかった。大使一家と知己であったことや、パリの帽子をかかえてイタリアに「凱旋」したことのほうが、彼女にとっては大切な思い出だったらしい。

これだけでも、かなり驚いた話なのだが、マリアの長い旅は、まだ終らなかった。ナポリの空港で降りると、ブラスバンドがいて国歌を鳴らした。「英雄」を迎えてくれるのだ、と彼女は一瞬緊張する。でもそれはもちろん彼女のためではなくて、ちょうどその日、就任して間もない共和国の大統領がナポリに到着したのだった。大統領の名を聞いてマリアはまたびっくりした。フェルッチョ・パッリはミラノのレジスタンスの頭領だった人で、彼女とはサン・ヴィットーレの刑務所以来の知己だった（ここでもマリアは「友人」という言葉をつかった）。飛行機から降りてきた大統領は彼女に駆けより、二人はしっかりと抱擁する。そして、マリアは大統領さしまわしの軍用機でローマに帰ったというのである。

生涯最良の日だったじゃない、と言う私に、ほんとうよ、すてきだったとマリアは頬をあからめて言った。それでローマに行って、カヴァッツァ侯爵夫人たちのグループで働くことになったのだそうである。パッリが大統領だったのは、一九四五年の六月から十一月までであるから、私が二度目にマリアにローマで会ったのは、それから十年近くあとのことである。そのときマリアは、まだ、思い出すのもいやだと言って、戦争中のことを話してくれなかった。すてきな帽子はどうしたの、とたずねると、ながいこと大事に持ってたけど、ぼろになったから棄てたわ、と彼女は意外にあっさりと言ってのけた。

夜がふけてゆく私の部屋の花柄のソファに、私はマリアの話が染みついてほしいと思った。マリアがドイツの収容所で死んでいたら、私は夫にも会わなかったかも知れない。イタリアに行かないで、どこかほかの国に行っていたかも知れない。しかも、私の個人的ないくつかの選択のかなめのようなところに、偶然のようにしてずっといてくれたマリアが、同時に二〇世紀のイタリアの歴史的な時間や人たちに、こんなに緊密に、しかもまったく無名で繫がっているという事実は、かぎりなく私を感動させた。そんなマリアが、なんでもない顔をして私のとなりにすわっていた。

八十歳に手のとどこうとしているマリアが、遠路はるばる私に会いに来てくれた。でもそれは、マリアにとっては突飛でもなんでもない、ごく日常の行為にすぎなかったのである。ふだん着でジェノワに迎えてくれたマリアは、レジスタンスもふだん着のままで闘い、そのまま日本にもふだん着でやって来た。それは、日本という「みせもの」を見にきたのではなくて、ふだん着の私という人間に会いに来てくれたのだ。それはそれで、一貫性のある行動で、いかにもマリアらしかった。事実、彼女は二日の旅で訪れた京都については、ほとんど何の印象も語ってくれなかった。

成田に彼女を送った数週間後に、また例の読みにくい字のお礼状がとどいた。しかし、それが最後で、マリアにはあれ以来、会っていない。オーストラリアのマギー・カッツがその後どうなったかも、だから、もうわからない。

きらめく海のトリエステ

若いころ、わたしはダルマツィアの
岸辺をわたりあるいた。餌をねらう鳥が
たまさか止まるだけの岩礁は、ぬめる
海草におおわれ、波間に見えかくれ、
太陽にかがやいた。エメラルドのように
うつくしく。潮が満ち、夜が岩を隠すと、
風下の帆船たちは、沖あいに出た。夜の
仕掛けた罠にかからぬように。今日、
わたしの王国はあのノー・マンズ・ランド。
港はだれか他人のために灯りをともし、

わたしはひとり沖に出る。まだ逸る精神と、
人生へのいたましい愛に、流され。

これは、現代のイタリアを代表する詩人のひとり、ウンベルト・サバが、一九四六年に上梓した詩集『地中海』の末尾におかれた《ユリシーズ》と題された作品である。若い日の詩人の漂泊への思いを、太陽にきらめく地中海を背景に、ホメロスの英雄に託していて、読者をつよく誘う。やがて五十に手のとどく詩人は、少年時代をふりむくほどに老いを感じはじめているが、詩魂はいっときも休ませてくれない。

この詩に私が惹かれたのは、たぶん夫が死んでからのことだと思う。北伊ロンバルディアの農村に育った夫は、少年のころのある時期を、アドリア海沿岸のイストリアと呼ばれる地方の、(たぶん、いまはユーゴスラヴィア領になっている)小さな島の寄宿学校にいた。小学校以上の教育をうけるには、修道会の経営するそんな辺鄙な土地の学校で、奨学金をもらって勉強するほかなかった彼の、それはみじめで暗い時期だったに違いない。それでも彼は、いま私には名も思い出せないそのイストリアの島のことを、ときにはなつかしそうに話してくれた。いつかきっと、いっしょに行こう。そのときは、彼がしばらく住

んだことのある(いったい、なにをしていたのだろう)、彼の熱愛した詩人サバの故郷で(ジョイスやリルケとも縁のふかい)、やはりアドリア海に面した国境の町トリエステにも、連れて行ってくれるはずだった。

サバは、一八八三年、トリエステに生まれ、第二次世界戦争のあいだの数年をのぞいて、ほとんど一生をこの町で暮らした。だから、若いころ、ダルマツィアの沿岸をわたりあるいたというのは、いうまでもなくメタファーだ。原文で読むとこの詩は、ゆるやかなリズムと音声にささえられて、深いところに音楽的なひろがりをもつ、うつくしい作品である。サバ自身、この作品には自信があったようで、とくに、“Nella mia giovinezza ho navigato”「若いころ、わたしは海をわたった」という冒頭の十一音節行は、彼自身の注釈によると、音声、形式ともに「完璧」なのだそうである。この作品はまた、近年とみに評価がたかまっていて、現代イタリア詩のアンソロジーにはかならずのっている。ジョイスの伊訳が近年ようやく新書判で読まれるようになったイタリアで、それまではあたまの硬い「国語」の教師たちに幽閉され、古典書として葬られていたホメロスのユリシーズ像が、やっと現代的な受容の場を得たのかもしれない。

サバの父親は、いいかげんでダンディーなイタリア人の若者、母親はトリエステのゲット出身のユダヤ人だった。スラヴ系の乳母に育てられたが、その女性が彼の幼年期には母親がわりだったらしい。第一次世界大戦まではオーストリアの支配下にあったトリエステで、商業学校かなにかをあまり勉強に力をいれるでもなしに卒業して、その辺をうろうろしながら、少しずつ本屋の仕事をおぼえ、やがて自分の本屋を持った。それは稀覯本なども扱う古書店で、サバは商売でずいぶん儲けた時期もあったらしく、そのあたりに彼のユダヤの血が感じられるのだが、若いころのサバの詩集は、多く自分の書店からの自費出版として世におくられた。

サバが書店主だったこと、彼が騒音と隙間風が大きらいだったこと、そして詩人であったことから、私のなかでは、ともするとサバと夫のイメージが重なりあった。しかもその錯覚を、夜、よくその詩を声をだして読んでくれた夫は、よろこんで受入れているようなふしがあった。トリエステには冬、ボーラという北風が吹く。夫はその風のことを、なぜかなつかしそうに話した。瞬間風速何十メートルというような突風が海から吹きあげてくるので、坂道には手すりがついていて、風の日は、吹きとばされないように、それにつかまって歩くのだという。「きみなんか、ひとたまりもない。吹っとばされるよ」と夫はおかしそうに言った。クロスワードパズルでも、「トリエステの有名な風」とあったら、答えは間違いなくこのボーラだ。しかし、どういうわけか、その風について、サバはあまり書いていない。きっと、風がきらいだったのだろう。ただ、文学の教科書のサバの項にはかならず引用される《トリエステ》という詩にうたわれた少年には、この風の音がはいっているように思える。

トリエステのうつくしさにはとげがある。
たとえば、花をささげるには、あまり
ごつい手の、未熟で貪欲な、
碧い目の少年みたいな。

「花をささげる」相手は、当然のことながら、女性であり恋人である。そして、この四行には、ある意味ではサバのすべてがこめられている。トリエステはサバであり、したがって、詩のなかの少年もサバである。しかも、サバの愛は不毛な棘を秘めていたので、花をささげるわけにはいかなかったのだ。

サバの詩は、自伝的といわれる。晦渋ということがひとつの特質のようになっている現代詩のなかで、彼の作品はどれも一見ひどく単純にみえる。《ユリシーズ》を、さいしょ友人に読んで聞かせたところ、ひとりはすてきだと言い、もうひとりは、きみの詩はわかりすぎるからだめだと言った、とサバが書いている。青年時代、当時イタリア文壇の中心であったフィレンツェに行ったとき、彼は何人かの著名な詩人に会ったのだが、なんとなくつめたくあしらわれたらしい。ダダや未来派の風が吹きまくる当時のフィレンツェに、時代の流行から離れたところで詩を書いていたサバは、田舎者としてばかにされたようである。彼自身、自分の書く詩がなんとなくアナクロニスティックな存在であることを意識していたが、それでも調子を変えることなく、生涯、サバ調でとおした。その作品の評価は専門家のあいだでも、おそらくは好ききらいというレヴェルで、まちまちである。おおむねイタリアの詩は、いわゆるリアリズムにつながるダンテの系統と、虚構性と形式への傾倒がつよいペトラルカの系統にわかれるが、サバはだんぜん後者に属する。彼のペトラルキズムは、ハインリッヒ・ハイネから来たものだという説もある。それというのも、一九一七年まで、オーストリア領だったトリエステという土地柄に由来する。オーストリア領ということは、ウィーンが首都であったということでもあって、第一次世界大戦の終りまで、トリエステの学校では、ドイツ語が必修だった。

まだ留学の日も浅いころ、『鳥、ほとんど散文で』という題にひかれて、サバの詩集を買って読んだことがある。イタリア語がやさしい、とは思ったが、それ以上なんということなく月日が経った。ところがやがて結婚した相手は、無類のサバ好きだった。しかし、彼は私にその偉大さの秘密をすこしも説明することなしに、ただ、その詩集をつぎつぎと手わたしてくれた。そして、サバの名といっしょにトリエステという地名が、私のなかで、よいワインのように熟《う》れていった。

もともとトリエステという町の名を私がはじめて聞いたのは、たぶん父の口からだったろう。第一次欧州大戦の時代にかかわった、ダンヌンツィオとか、フィウメとかの人名、地名といっしょに聞いたような気もするし、戦前、彼自身がオリエント・エキスプレスで旅をした話のなかに出てきたのかも知れない。あるいは戦後の連合軍によるトリエステの分割とかについて話していたのかも知れない。いずれにしても、それは今日の日本で北方領土問題といわれる政治的なスローガンの精神構造に通じる言葉のすじだったようでもあるし、世紀末のウィーンにつながった、かなりノスタルジックな調子だったようでもある。

戦後、題名は忘れたが、ネオ・リアリズムの映画でトリエステを扱った作品があって、たしか連合軍に占領された地区とユーゴスラヴィア領になった地区で恋人たちがはなればなれになってしまった話だったと思う。私がおぼえているのは、貧しそうな家の中で、テーブルをはさんで人が話している場面や、踏切のような棒が上下する、町なかの国境線ぐらいなもので、それ以上のトリエステのイメージは、これといって使われていなかった。坂道の多いことも、風の吹くことも、その映画にはなかったようだ。

トリエステの名がふたたび、自分にとってあたらしい響きをもってもどってきたのは、私たちが結婚式をウディネという北の町で挙げたときからである。友人の多いミラノでの式がごった返すのをきらって、夫は親友が司祭をしているこの地方都市をえらんだのだった。トリエステなどのある海沿いの、基本的にはヴェネツィアの文化圏に属する地方にたいして、ウディネは、フリウリというオーストリアとも国境を接する内陸地方の都市で、言語的にもまったく系統を異にしている。それでいて、地理的にはトリエステに近いから、私たちが式のあと滞在したフリウリのさびれた田舎町でも、夫の友人たちに誘われて訪れた海辺の町でも、人々がトリエステを口にするのをしばしば耳にした。なかでも、十一月の冷えた水蒸気の中に墨絵のように浮かんだ、砂州の突端にあるグラードという島を訪れた日、案内の友人が、あっちがトリエステだと言って指さした声のひびきには、ひそかなあこがれのようなものがあるのを感じた。夫が、いつかいっしょに行こうと言うようになったのは、その旅の日からだったように思う。

サバには、トリエステの道をうたった詩が、いくつかある。道というよりは、「通り」と言ったほうがよいのだろうか。ヨーロッパの都市の通りには、それぞれの表情があるものが多い。いかにも裕福な人ばかりが住んでいそうな通り。古びた家がたちならんでいて、そこを通りすぎただけで、こちらまで老いさらばえてしまいそうな通り。そうかと思うと、町はずれの新開地で、まだ通りの性格がはっきりと定着していない、あっけらかんとした道。

多くの悲しみがあり、
空と町並のうつくしいトリエステには
「山の通り」という坂道がある。
……坂の片側には、忘れられた

墓地がある。葬式の絶えてない墓地。
……ユダヤ人たちの
昔からの墓地。ぼくの想いにとっては
とてもたいせつな、その墓地……

やはりトリエステ出身の著名な詩人のビアジョ・マリンに、『トリエステの道と海岸』という小さな随筆集があるが、この「山の通り」という道のことを、現在でもやりきれないほど悲しい町並だと書いている。サバのうたったユダヤ人墓地は、いまではユダヤ教会になっているそうである。一七〇〇年代まで、この道は「絞首台通り」とも呼ばれて、処刑場があったという。ユダヤ人は、そんな哀しい場所に自分たちの墓地を与えられていたのだった。

ユダヤ人にたいして、どういうわけか、夫はいつもふかい愛情を示していた。おそらくは、聖書にある彼らの流浪の運命に共感してのことだったに違いない。また、第二次世界大戦中、反ナチスの抵抗運動にたずさわってユダヤ人をかくまった世代の、それはひとつの生のあかしだったのかも知れない。政治に関してはまったく音痴な彼だったが、友人のなかにどうかしてユダヤ人をわるく言う人がいると、ねばりづよく反論をのべていた。彼が死んで二日目だったかに、何度目かの中東戦争が勃発して、イスラエルがゴラン高原を占拠した。海をへだてたところで血なまぐさい戦争がはじまったので、イタリア人には傍観できない事態だった。ペッピーノが生きていたらどんなに悲しんだだろう、と友人たちが言った。また、その数ヵ月後、彼の死をとむらうためにといって、イスラエルのどこだったかの丘に、オリーヴの若木を一本植えましたと、彼と親しかったユダヤ教のラビから手紙をもらった。サバがユダヤ人だったことも、だから、夫にとっては、この詩人をなつかしむ大切な理由のひとつだったかもしれない。

そんなユダヤ人の墓地がある坂道。そこからサバは船の停泊している港を眺め、広場の市の日除けを縫ってうごめく人影に彼らの生の営みを読みとっている。生きるための争いを終えた人々がしずかに横たわる墓地と、まだ闘いのさなかにある市場の人々と。

《三本の道》という題のこの詩に、もうひとつ、「旧ラザレット通り」と呼ばれる道が出てくる。ラザレットというのは、救貧院とでもいうのか、昔、医療費を払えない人たちや、行きだおれなどを収容した建物である。サバの詩のなかのこの道も、ぜんたいに暗くて、悲しみに満ちている。そんな道にもサバは、

ただ、ひとつ、あかるいしらべがある

という。この通りと交差している何本かの道のつきあたりがみな海になっているのだ。私は港町に住んだことがないけれども、このつきあたりの海を、「あかるいしらべ」としたことで、ラザレット通りはわずかに救われ、太陽にかがやく海と空の青さが読者をなぐさめてくれる。その青さは、サバの眼の青をいっそう濃くしていただろう。

眼の青さといえば、私の好きなサバの写真がある。もともと詩人の写真というものは、それほど印象的でないものが多いけれど、サバには、写真そのものが鮮明に記憶に残るようなのが、いくつかある。有名な写真家の作品なのかどうかは知らない。ひとつは、ガルザンティ版の『イタリア文学史・現代』のサバの項に掲載されているもので、トリエステの波止場の繋柱に半分腰をおろしたような格好で、片足は石畳にしっかりとつけているサバである。ちょっとびっくりするくらい、大きい靴(というのか足というのか)、背中がまるくて、前こごみになっているが、ずいぶん背のたかい人だったようである。もうひとつの写真は、暗黒に向ってひらいたような窓のまえで撮ったもので、顔の部分は逆光でほとんど見えない。ただ、片一方の眼だけが、人をさぐるような表情で光の部分にはみでている。騒音と隙間風のきらいなサバが、自分の部屋の窓の鎧戸を釘づけにしてしまったという話を、なんども夫から聞いていたので、この写真をはじめて見たとき、これはどこの窓だろう、と思った。ふしぎなのは、両方の写真ともこまかい顔の表情には重点をおいてなくて、それだけなおさら、まるで彫刻作品のように、サバという人間全体のヴォリュームだけが、見るものに迫ってくる。そして、表情をこまかに撮った写真よりも、それは、サバの人格そのものについてずっと多くを伝えてくれるようだ。それに、詩人の肖像というと、えてして眉のあたりに暗い翳があったり、目が鋭かったりするものだが、これらの写真で見るかぎり、サバは、ちょっと見には普通人、だがよく見ると、その大きな物体のようなからだに、とてつもない「なにものか」がつまっている、という感じなのである。波止場の写真は、半分は背中が写っているので、オッペルの象みたいにもみえる。

この「ちょっと見には普通人」というのは、サバが自分の作品にも常時しかけたトリックだった。この人の詩を読むと、一見単純、あるいは平板で、自伝の様相を呈しながら、じつはペトラルカ以来の研ぎ澄まされた正調の抒情詩技法が駆使されていて、形式の完成度は現代詩人には稀有と言われる。毎日の生活のなかでは孤独や不眠や疎外感に苦しみながら、詩ではいつもきちんとした職人の態度を失わない厳しい詩への姿勢が、終始彼の抒情を裏付けている。彼は詩人の独善を神秘性などと詐称して読者に押しつけたりしなかった。

……じぶんの
そとに出て、みなの
人生を生きたいという、
あたりまえの日の
あたりまえの人々と、
おなじになりたいという、
のぞみ。
……この町はずれの
新道で、ためいきみたいに
はかないのぞみが、ぼくを
捉えた。

……あそこでぼくは
はじめて、あまい虚しい
のぞみに襲われた。
暖かい、みなの人生のなかに、
じぶんの人生を入りこませ、
あたりまえの日の、
あたりまえの人々
と、おなじになりたいという
のぞみ、に。

サバは、詩においていて、「パンや葡萄酒のように」、真摯かつ本質的でありたいという希求あるいは決意をまるで持病のように担いつづけて、それを一生つらぬいた詩人である。ここで「詩において」という箇所に傍点をふったことについて念を押したい。サバにとって、それは倫理的または人生論上の決意ではなく、あくまでも「あたりまえの詩」への決意だったと解釈したい。

写真ではないけれど、もうひとつサバの肖像がある。それは友人がイタリアから最近もってきてくれた『サバの酸っぱい葡萄酒』という本の表紙に使われていて、ボラッフィオという、ウディネに生まれトリエステで生涯を終えた画家の手になるものである。題名の示唆するとおり、サバについての追憶を綴った、百ページちょっとの小さな本で、その白地の表紙の、青い海と空を背景にしたサバの肖像画は五センチ角ほどである。ボラッフィオはサバとおない年だが、一九三一年に死んでいる。カタログによると、これは一九二一年の作品で、ボラッフィオの傑作のひとつということになっている。サバの生年から計算すると、肖像画のサバは三十八歳ということになる。そして二一年は、サバが二冊目の詩集を自費出版した年で、サバの名はまだまだ一部の人にしか知られていなかった。この年齢にしては、あたまがすっかり禿げあがっているが、表情は若い。胸から上の肖像で、黒いビロードのような感じの上着に、ボヘミアンのような、やや大きめの蝶ネクタイをつけている。サバのうしろは砂浜のようなあかるいオークル色の石畳で、そのまたうしろ、青い海がはじまる辺りに、白い帆をたたんだヨットが一隻、陸に揚げてある。紺碧の海の上部は、画面の約半分を占める青い空。海の色とサバの大きな眼とがほぼおなじ色に描いてあるが、写真と違って、この絵のサバは、表情がはっきりしている。なにか、思い迷っているかのように首を少し曲げ、それでも生来の誠実さがはっきり出ている。まだ、すっかり作品の構造ができあがっていなかった当時のサバを、この海と空と白い帆につなげて描いたボラッフィオは、ほとんど先見の明があったといえる。

夫が死んで二年目の夏、私はトリエステを訪れる機会をもった。生前、ついにいっしょに行けなかったその町に、日本からの客を案内して行くことになったのだった。現代彫刻の先達のひとり、マルチェッロ・マスケリーニに会うためである。彫刻家の家は、トリエステの高台の松林の中にあり、農家ふうの白壁が目にまぶしかった。アトリエも、素朴でさりげなく、それでいて本質的には贅沢でモダンなつくりだった。

その夜、私たちのために、マスケリーニは友人を招いてパーティーをひらいてくれた。香ばしい松の下で、アルゼンチン人だというギタリストが、お国ふうのバーベキューを用意してくれた。ながい北国の夕暮がやっと夜になるころ、みな家にはいって、よもやま話をつづけた。相客のなかに、ツィガイナという隻腕の画家がいた。ツィガイナは、詩人で映画監督だったパゾリーニと親しかった人で、『テオレマ』という映画に出演したことを話してくれた（彼はその後、やはりパゾリーニの『デカメロン』という映画にも瞬間出ていて、なつかしかった）。幼時に事故で片腕をなくしたとのことだったが、そんなことをすんなり言ったり聞いたりできるような、あたたかい空気が、あの夜、あの客間を包んでいた。初夏だというのに暖炉に火をいれるくらいのはだ寒さで、夜がふけるのもかまわず、ツィガイナと私たちはそれぞれの戦争体験について話した。アルゼンチンの男は遠い国の歌をギターで弾き語りしてくれた。また、こんなときいつも歌われる、「きみが死んだら、きみが死んだら、花を一束、捧げよう」という、パルチザンの歌を合唱する人もいた。私は自分の長年の夢であったサバのトリエステにいることを、ふと忘れそうだった。

そんなとき、サバの名が、ふとだれかの口にのぼった。マスケリーニは、生前の詩人と親交があったようだった。私はいっしょうけんめいに詩人のことを聞きだそうとしたのだが、彼ら、とくにマスケリーニの口調には、きみたち他国のものにサバの詩などわかるはずがないという、かたくなな思いこみ、ほとんど侮りのような響きがあった。また、他の客たちの口にするサバも、トリエステの名誉としてのサバであり、一方では、彼らの親しい友人としての日常のなかのサバであった。そのどちらもが、私をいらだたせた。私と夫が、貧しい暮しのなかで、宝石かなんぞのように、ページのうえに追い求め、築きあげていったサバの詩は、その夜、マスケリーニのうつくしいリヴィング・ルームには、まったく不在だった。こっちのサバがほんとうのサバだ。寝床に入ってからも、私は自分に向ってそう言いつづけた。

翌日、松林の中の彫刻家の家から、夏の太陽がまぶしく反射する坂道をタクシーで駅に向いながら、私は、このつぎに来るときは、ひとりで来ようと考えていた。だれを訪ねる、なにをするということでなくて、ただ、トリエステの道をひとりで歩いてみよう、トリエステの海を波止場に立って見よう……。

来たときとおなじように、切りたった断崖の道をヴェネツィアに向けて走る汽車の窓から、はるか下の岩にくだける白い波しぶきと、帆かげの点在する、サバの眼のように碧い海が、はてしなくひろがるのが見えた。ホメロスがジョイスがそしてサバが愛したユリシーズの海が、夏の陽光のなかに燦めいていた。

鉄道員の家

夢うつつに、聞いている。車輪が軋む。少し前進する。また軋んで、止まる。機関車の音が一瞬、大きく息を吸いこむように強くなり、こんどは行くかな、と思うと、また車輪が軋んで、列車は停まる。車輪の軋みが、まだ暗い部屋いっぱいに広がる。その繰りかえしがさっきからつづいている。もう少し眠っておかなければ、昼間の仕事にさしさわる。そう思っても、車輪の軋みが眠らせてくれない。ときどき、助けでも呼ぶように、列車はヒュウと甲高い汽笛を鳴らす。その音を聞いている自分が、だんだん前進を阻まれた貨物列車のような気持になって、ベッドの中で肩にちからをいれている。

寒い冬の朝、レールが凍ると、重い貨物列車は車輪がすべって、登り坂で立往生する。レールに砂が撒かれるのだが、それでも車輪は空回りして、列車は前に進めない。その冬はそんな日が何日かつづいた。夫の出張で、姑の家に泊っていることだけでもせつないのに、この音で目覚めてしまうと、なぜか心細さがどっと押しよせてきて、自分が宇宙のなかの小さな一点になってしまったような気持になる。

夫の父が鉄道員だったので、彼の実家はローマ・ミラノ本線がミラノ中央駅にさしかかる最後の登り坂の線路沿いの鉄道官舎にあった。義父の死後も姑は四人の子供たちが育ったその共同住宅に住んでいた。汽車は土手のうえを走っていて、線路と家とのあいだには、ポプラ並木や花壇のある庭もあったのだが、早朝の貨物列車の車輪の軋みは、ほとんど頭上から降ってくるようだった。

遠い汽車の汽笛を床の中で聞いて想像をめぐらす場面は、『失われたときを求めて』の冒頭にも出てくる。最近読んだ、アメリカ作家のポール・セルーも、東部の町で過した少年時代に、夜、ベッドの中で聞いた遠い汽車の音を、魅力的な現代版のオデュッセイア、『レイルロード・バザー』の導入部に置いている。しかし、私がつめたい冬の朝、床の中で聞いていた貨物列車の軋みは、もっと不吉で、もっと希望がなく、まだはじまったばかりの結婚生活への不安さえ煽りたてるのだった。

たしかにあの鉄道線路は、二人の生活のなかを、しっかりと横切っていた。結婚したのは、夫の父が死んですでに十年近かったのに、鉄道員の家族という現実はまだそのなかで確固として生きつづけていた。私自身にとってはおそらく、イタリア人と結婚したという事実よりも、ずっと身近に日常の生活を支配していたように思える。「貨物列車」とか、「操車場」というような言葉が、乏しい私のイタリア語の語彙のなかに、汽笛の音や煙の匂いといっしょに、原体験にも似た根をこまかく張っていった。晩年の義父は信号手で、仕事場は官舎のまえの土手のうえの、それこそマッチ箱のように小さくて四角い信号所の建物だった。夜になると、こちらの窓から電灯の明りが見えたが、霧の深い夜には、直線距離で三十メートルと離れていないその明りが、ぼんやりとも見えなくなった。それどころか、窓のすぐそばのプラタナスの影さえ、牛乳のように白く澱んだ霧の中に消えてしまうのだった。そんなとき家族は、翌朝、父親が家に戻ってくるまで、事故を心配したという。食堂の壁にかかった、口髭をはやした、肩幅のひろい義父の写真よりも、私にとってはなぜかその信号所が、彼の生涯を象徴しているようにみえた。

夫にとって、「鉄道員」という言葉は、はかり知れないなつかしさを運ぶものであると同時に、彼と母親と結核で夭逝した兄と妹と家の貧しさにつながる、なによりもおぞましい言葉であったと思う。おなじ鉄道員の子という理由で、夫は友人たちのなかでも、作家のエリオ・ヴィットリーニにたいしては、特別な感情をもっていた。錚々たる現代作家として、戦後文化のリーダー的存在として文壇に君臨していたヴィットリーニと夫が、いつどこで知りあったのかは聞きもらしてしまったが、戦後の混乱時代には、よく夫のところに遊びに来たということで、姑も彼のことをなつかしそうに話した。貧しい農家の生まれだったにもかかわらず、姑は大の読書好きだったが、はっきりとしたストーリーのない小説は苦手で、そんな本を読むと、こういう意味かと思うと、また違う意味みたいでもあるし、と困ったような顔をして笑った。ネオ・リアリズムと印象派があわさった、しばしば会話だけで語りを進行させる特異な文体のヴィットリーニの作品も、姑にとってはストーリーがなさすぎて彼女をとまどわせ、あんたたち勉強をした人間がいいという本はあてにならない、とこぼした。

ヴィットリーニのお父さんは、駅長だった。夫の父は、社会主義者で、戦時中ファシスト党に参加することを拒んだせいもあって、万年ひらで終った（簡単に言うと、彼はすべての拘束をきらった人だったらしい）。そのことを、姑は誇りにしてはいたが、出世したヴィットリーニのお父さんが代表する種族の人たちにたいして、あるくやしさのような感情が残っていたこともたしかだった。しかし、夫にとっては、鉄道員の家に生まれたということが、おなじ原風景をわかちあうものとしての、大切な共通分母だったようである。

二週間分の給料をもらって、衝動的に汽車に乗り、故郷のシチリアに帰ってしまう「北」で働いている男を語り手とした『シチリアの会話』は、ヴィットリーニのもっとも幻想的で純粋な文学的空間をもつ作品であるが、この作品を支配する、故郷の人々と話者とが、あるいは故郷の人々がたがいにかわす(ときにはイヨネスコを思わせる)奇妙な会話は、どこか汽車の中で顔が見えないままに聞こえてくる会話のようなおもむきがある。彼はこの作品は自伝ではない。この物語はシチリアに場を設定したけれど、それはシチリアという音が気にいったからで、たとえば「ペルシャでもベネズエラでもよかったのだ」とまことにヴィットリーニらしい、てれかくしのようなことわりをあとがきで述べている。しかし、どうみてもやはりこれはヴィットリーニが幼年期に夏休みを過したお祖母さんの家をとりかこむ、太陽に焦がされたサボテンと硫黄の上を吹く風の匂うシチリア以外のなにものでもない。家から家へ病人に注射をして歩き(イタリアでは病気になると、看護婦の免状をもった人が家に来て、注射をしてくれる。家の管理人に頼むと、そんな人が近所に住んでいることがわかる仕組みだ。だから、注射が目的の病院通いや医者通いは存在しない）、洞窟のように光の遮断された家に住んで、炭火で炙った干ニシンと青トウガラシしか食べない、太古からその土地にしがみついているような貧しい母親のイメージには、乾いた幻想性と同時に、闊達な写実主義《ヴェリスモ》の底流が読みとれる。ヴィットリーニは十五歳で父母のもとをはなれ、当時文学を志すもののメッカであったフィレンツェに行く。その後ミラノに定住するまで、彼はしばしば汽車に乗って、放浪の旅をしたらしい。鉄道員の家族が支給されていた無料パスのせいだけではない。

「荒野に棲む人間は放浪者だ。それとおなじように、わが丘陵地帯の人々も流浪の民である。南から北にむけて、あるいは北から南へと、長い列車に乗って旅をしながら、窓から、三日も四日も立ったまま、ときには五日間ぶっとおしに、イタリアと名乗る、ひとつに結ばれた、どこまで行ってもこんなに同一なこの土地を、そしてバリ、ボローニャ、カタンザーロ、ジェノワとそれぞれがこんなにばらばらな場所を、いったいこれはどういうことだと眺めている」

これはヴィットリーニの晩年の作品、『メッシーナの女たち』の冒頭の部分だが、旅は、というよりは放浪は、彼の作品の中で重要なトポスとして用いられる。フィレンツェで新聞の校正をしながら暮しを立てていた若いころも、戦時中、ミラノで抵抗運動に加っていたころも、彼は自分が現在置かれた場所に落着くということを知らなかった。晩年、私が夫の書店で何度か彼を見かけたころ、ヴィットリーニはモンダドーリ出版社で重要なポストについていたはずだが、それでも彼はいつも、これから旅に出る、あるいはいま旅から戻ったばかりの人間のように、平穏な生活の幸福をも含めた、日常の拘束をすべて拒否しているようなところがあった。彼の、そして夫の晩年となったころに、夫の書店の仲間がある南米の国の軍事政権に抵抗する運動家たちを援助していたことがあった。ヴィットリーニはそのグループの人たちのリーダー格で、書店に始終出入りしていた。それは私が彼を見たおそらく最後だったのだが、ある日、入口近くにいると、彼が風のようにドアを押して入ってきた。まるでパルチザンごっこをしている少年のように、彼の様子は秘密めいていた。髪を短く刈った細長い頭、ととのった顔だちで（新聞や雑誌でよく見る写真そっくりの）長身の彼が、ほとんどからだを斜めにするようにして勢いよくドアを開け、店の奥の小部屋に消えていった。その真剣さがあまりにも純粋じみていたので、ふと、私は、危険に会うと砂に頭を隠すというダチョウを思い出したくらいだ。あの調子では、一キロはなれたところからでも、ヴィットリーニはなにか秘密の行動をしているのがばれてしまう、と夫はおかしがっていた。

また、ヴィットリーニで思い出すのは、あのころ巷でささやかれた彼と『山猫』についてのゴシップである。『山猫』はのちにルキーノ・ヴィスコンティが映画化して名声を博した小説である。作家としてはまったく無名だったシチリア貴族のジュゼッペ・トマージ・ディ・ランペドゥーサという長い名の人が生前に書いた未完の作品に、没後、遺族に頼まれて作家のジョルジョ・バッサーニが手を入れたといわれるもので、イタリア統一戦争時代のシチリア貴族の没落と商人階級の台頭を描いた、厖大な歴史小説である。死に絶えた、と当時多くの人が考えたがっていた一九世紀風のていねいな語りの技法を用いて、自然主義的な描写に亡びゆくものの美しさを巧妙にからませて作られたこの本が、一九五八年のある日、本屋の店先に並んだとたん、大方の編集者たちの予想を裏切って、飛ぶような売れゆきをみせた。それは、小説の死を連呼していた批評家たちを驚かせ、ヌーヴォー・ロマンの定着を不本意ながら覚悟していた出版界をゆさぶる大事件だった。この作品がまだ手稿のかたちで編集者たちのあいだを廻っていたとき、断固としてこれを出版することを拒んだのが、当時モンダドーリ出版社の編集部長をしていたヴィットリーニだった。

いまどきこんなものが売れるか、と彼は猛然と反対したという。結局はフェルトリネッリ社だったかが、この黄金の魚を釣りあげたのだったが、これがヴィットリーニの編集者としての権威を著しく傷つけた、といろいろな人が声をひそめてうわさするのを聞いた。自分だったらどうしただろう。あたらしい試みを冒頭から拒否した、丹念な描写が印象的ではあるが、究極的には伝統の枠を一歩も出ていない『山猫』を読みながら、私は編集者という仕事の恐ろしさのようなものを考えさせられた。ヴィットリーニが、彼よりは二世代若い、前衛的な作家のイタロ・カルヴィーノと組んで、新進の作家を育てるために文芸雑誌『イル・メナボォ』を創刊したのは、『山猫』の成功（彼にとってはみじめな失敗）の翌年だったが、夫はヴィットリーニが小説を書かなくなったことを、惜しんでいた。戦時中抵抗運動に参加した世代の多くの人々にとって、六〇年代に世界をゆるがせた文化革命と学生運動は、過ぎ去った栄光の時間への郷愁をかきたて、夢よもういちど式の安易な姿勢を生んでいたが夫はそのことに批判的だった。抵抗運動なんて、彼らが言ってるように美しいものじゃなかった。ほんとうは悲惨な内戦、残酷な殺し合いにすぎなかったんだ、と言って。それでもヴィットリーニは、ずぶずぶと政治運動にのめりこんでいった。そんな中で彼は不治の病を得、二月のある日、彼の訃報がとどいた。ヴィットリーニの葬儀はつめたい雨の日だった。葬式嫌いの夫はもちろん出席しなかった。学生運動のリーダーだった、ある著名な建築家の若い夫人が、純白のコートに純白のブーツといういでたちだった、と友人のパオロ・デベネデッティが、いらいらしたような調子で話してくれた。エキセントリックということが、なにか英雄視された時代でもあった。

ヴィットリーニのお父さんは鉄道員で駅長だったが、一九五九年にノーベル賞を受賞した詩人のサルヴァトーレ・クワジーモドのお父さんも、鉄道員で駅長だった。クワジーモドは、文学史でエルメティスモと呼ばれ、フランスの象徴派のイタリア版とも言われる現代詩学を三〇年代に唱えた。おなじ鉄道員関係でも、夫はこの詩人をまったく評価していなかった。なめらかな彼の詩の語調に魅せられていた私に、虚構と虚偽を混同してはいけない、と夫は言った。ヴィットリーニの最初の妻はクワジーモドの妹だった。

「ローサ・クワジーモド・ヴィットリーニはまだ生きている。八十五歳。メッシーナでひとり暮しをしている。サルヴァトーレ・クワジーモドは彼女の兄さんだった。エリオ・ヴィットリーニが彼女の夫だった。ヴィットリーニの父親が駅長、クワジーモド兄妹の父親も駅長だった。エリオとローサはシラクーザで知りあった。家が近所だったのだ。十八歳の二人は恋をし、結婚して、二人の子供をもうけたが、まもなく結婚は破綻した」

これは、イタリアの日刊紙の書評欄に最近出ていたヴィットリーニの最初の妻だったローサへの、なんということはないインタヴュー記事の書き出しの部分であるが、その中で、彼女はヴィットリーニが英語をほとんど知らなかった、とかなり衝撃的な暴露をしている。というのも、ヴィットリーニが訳したスタインベックの『トティーヤ平《だいら》』はすばらしいリズム感のある名訳で、多くの読者に愛されているし、なによりも、一九四二年に彼がチェザレ・パヴェーセと組んでボンピアーニ社から出した『アメリカーナ』という表題の、ポーや、フォークナー、コールドウェル、スタインベックらの短編小説のアンソロジーは、それまでフランス、あるいはせいぜいヨーロッパしか見ていなかったイタリアの文学好きの青年たちにとって、たいへんな刺激になった書物だからである。近年、この復刻版が出たが、私がボンピアーニ社の依頼で『日本現代文学選』を編纂するときも、編集者のセルジョ・モランドは、この本がヴィットリーニたちの『アメリカーナ』とおなじ選集に入るのだからと何度も繰りかえして勇気づけてくれたし、夫もそんな仕事をまかされた栄誉を、私のために、日本の文学のためによろこんでくれたのだった。

それにしても、離婚したとはいえ、いまもヴィットリーニの名をなのるローサ・クワジーモドが、仲間うちではおそらく周知だったかも知れないが、大方の読者にとってはヴィットリーニの秘密といってよいような事柄を、いまさら一介の新聞記者に喋々としゃべっていることは、なぜか腹立たしかった。そして、とんだ八つ当りには違いないのだが、サルヴァトーレ・クワジーモドの詩に、見かけはひじょうに口あたりがよくて美しげなのに、構造が弱く、情緒だけに終ってしまう作品が多いことまで思い出して、気が滅入った(自分があわや騙されかかった相手には、はじめから気にくわない相手に対してよりも、腹が立つものだ)。

もうひとり、私たちの友人のカミッロ・デ・ピアッツのお父さんも鉄道員だった。カミッロは、なんというか、フリーランスの知識人で、翻訳や、たまには評論や序文などを書き、なんとなく重宝がられて方々の出版社の編集顧問のような仕事をしていた。結婚していなかったので、ミラノの北のスイス国境に近いヴァルテッリーナ地方のティラーノという山の町にお母さんと暮らしていて、用があるとミラノに来て（「ミラノに降りてきて」と私たちは表現した）友人の家に泊まったりしていた。定職につくのをきらって、それでいて本を書くというのでもなく、友人たちはいつもそれをやんわり非難していた。あれだけのあたまがあるのに、いつになればあいつは「まともな」仕事につくのだろう、と言って。だが、非難しながらも、客観的な、公正な助言を必要とするとき、そのおなじ人たちが、カミッロに聞いてみたらどうだろうと思うのだった。軽い斜視の目をのぞけば、背も高く、ギリシャ彫刻を思わせるととのったかたちの頭の、ハンサムという言葉がぴったりの男で、私は彼がミラノに来るときいつもはいていた重たげな山靴にあこがれていた。山国の人らしく、彼はよほど気をゆるした相手でなければ、ほとんど口をきかなかった。

おなじ鉄道員の息子といっても、彼の場合は、ヴィットリーニや夫のように、それが生活の地面に浸みこんでいる感じではなかった。ティラーノの鉄道は、赤い車体のベルニーナ登山鉄道で、国境を越えてスイスに行く路線だった。会社の経営もスイスとイタリアにわかれた、イタリアにはめずらしい私鉄で、そのことが労働運動の長い伝統を背負った国鉄の暗さがなかった理由かも知れない。それにたぶん、給料がスイスの水準だったから、国鉄よりははるかによかったのだろう。

何度か夏休みを、私たちはその山の町で過した。カミッロが自分の家の近くに安い宿をとってくれて、期間はほんの四、五日だったが、友人の別荘などに招ばれて滞在するより、ずっと自由で気ままな休暇を過すことができた。昼間はカミッロがいろいろなところに案内してくれた。その町から遠くない踏切のような遮断機が上下する国境線というものを私がはじめて経験したのも、そんな夏休みのことだった。ティラーノの住民は、一日どれだけと決まった量のコーヒーや砂糖を、スイスに買いに行くことができた。スイスのほうが、安いからである。

カミッロはこの山の町を愛していた。はじめて訪れたときは、まだ初夏の季節で、カッコウが鳴いていた。町、というのか村中が、刈ったばかりの干草の香りでいっぱいだった。それは、ずっと昔、ペルージャの街路いっぱいに漂っていた菩提樹の花の匂いにくらべると、ずっと健康で、あかるい匂いだった。これはもう二番草だ、とカミッロはわけ知りに説明してくれた。丈たかく繁った夏草の中をベルニーナ鉄道の線路が走っていて、燃えるような赤い色に塗った電車がゴトンゴトンとスイスに向って坂を登って行った。町を訪れるたびに、私は娘時代に何度か夏を過した長野県の避暑地の、あかるく金色に澄んだ空気を思い出していた。

カミッロの家は、町の中心の教会からほんのちょっと坂道を降りた辺りにあって、晴れた日には、玄関のまえの草地に黒いやもめの服を着たお母さんが、小さな木の椅子にすわって本を読んでいた。このひとも姑とおなじように小学校しか出てなかったが、姑とおなじように読書が三度の食事よりというたちで、息子のカミッロの書斎の本をかたっぱしから読んでいた。平地産でストーリー派の姑にくらべて、山人間のお母さん（彼女も、細い足には不釣合いな、大きい山の靴をはいていた）は、ストーリーもなにも関係なくて、ある日訪ねて行くと、何かを熱心に読んでいる彼女の小さな木の椅子のまわりの草の上のあちこちに、白いページが散らかっていた。それはカミッロがどこかの出版社から批評を頼まれて読んだ、まだ綴じてない誰かの小説のゲラ刷りだった。お母さんが読むさきから、風でページが散って、順番がわからなくなり、息子のカミッロが、母さん、それではストーリーがわからないでしょうにと言うと、そんなことないよ、順番なんてわからなくてもいいんだよ、と歯のない口もとを恥しそうにゆがめて笑いながら、散ったページを一枚づつ拾いあげては読みつづけるのだった。カミッロのお母さんのヌーヴォー・ロマン的読書、と私たちは言って、ミラノに帰ってからもそれを思い出しては笑った。

ずっとまえのことになるが、たしか庄野潤三さんの小品に、ピエトロ・ジェルミ監督・主演の『鉄道員』という映画のことが書いてあった。一九五六年の作品なのに、私は見たことがなかった。私がイタリアに住みついたのが一九五八年だから、それ以前に日本で見ていてもよいはずだが、たぶん、そのころは日本で公開されるまでには、かなりな時間が要ったのだろう。そして、イタリアに行った二、三年間は映画館に行く余裕もないような生活だったから、見逃したのかも知れない。それにしても、この映画のことを、あれほど映画好きだった夫と話したことがないのは不思議だった。それよりずっと以前に作られたヴィットリオ・デ・シーカ監督の『ミラノの奇蹟』は、東京でも見たし、その後留学したパリでも見た私の好きな映画のひとつだったが、この映画の舞台になったのは夫の実家の横を走っている鉄道線路の向う側だと聞いたことがある。その辺りは、爆撃されたのか、それとも単に場末だったのか、とにかく戦後の数年間はいちめんのバラック地帯だったという。私がはじめてミラノで借りたアパートメントはその地域にあって、家主さんは、夫たちに言わせると、廃品回収でもうけた金で土地を買い占めて、現在の富に到ったということだった。夫とそんな話は何度もしたのに、『鉄道員』という映画は話題にのぼらなかった。庄野さんが書かれた文章の内容は、それが人間くさくていい映画だったということしか憶えていないが、いつかぜひ見たい、とはずっと思っていた。

ごく最近になって、とうとうその映画を見る機会にめぐりあった。表題そのものずばりに、ひとりの鉄道員の話が末っ子の小学生の目を通して語られるという筋で、イタリアふうにごくセンチメンタルで古風に話は進行するが、たしかに「心あたたまる」という種類の作品だった。主人公はローマ・ミラノをむすぶ急行列車の機関手だったが、ある日、線路に立ちはだかった自殺者を轢いた直後のショックで、赤信号を無視してしまい、一言の言い訳も許されないまま、ローカル線の貨物列車勤務にまわされる。それを境に彼の生活も狂いだし、娘の離婚、息子の家出についで、スト破りの運転を引受けたせいで、仲間から孤立してしまう。失意のはて病床に臥す彼を、クリスマスの日に古い仲間たちが、プレゼントをもって彼の家に集まり、彼を有頂点にさせる。なにも変っていなかったのだ。みな、昔のまんまのよい仲間だったのだ。彼はふたたび、しっかりと幸福感をにぎりしめる。その夜おそく、台所で後かたづけをする妻のために、と言って、ギターを爪弾きする音がふと熄《や》む。

映画を見て、私は夫が死んで二十年以上ものあいだ、これを見ていなかったことの不思議さに打たれた。映画をかたちづくっている言葉はすべて、あの鉄道線路の横の家で覚え、聞いた、私のイタリア語の原点にたつものばかりだった。庄野潤三さんがあの文章を書かれたころに（それはたぶん、まだ夫が亡くなって五年も経たないころ、住みなれたミラノを去って日本に帰ってきたころだったと思う）もしこの映画を見ていたら、おそらく私は自分が溶けてしまうほどの、もういちど立ち上がれないほどの衝撃を受けただろう。ごくはじめのところで、主人公が夜中によっぱらって家に戻ってくる場面がある。ドアに鍵をさしこんで家に入っていくと、家族はみんな出かけていて、あたりは真っ暗だ。その瞬間、あ、スイッチは左側にある、と私のなかのだれかが言って、私を完全に打ちのめした。どの鉄道官舎も間取りが似ていて、映画に出ているアパートメントは、それほど、あのミラノ・ローマ本線の線路沿いの夫の実家そっくりだったのである。夫が、あの映画の話を私にしたことがなかった理由が、やっと理解できた。夫の父親も、ある日、仕事を終えて帰ってきて、ちょっと横になる、と言ったきりだった。義父が死んだのは、映画のできるほんの二、三年まえのことだったから、おそらく夫はあの映画を見てなかったに違いない。

舞台のうえのヴェネツィア

数年まえの夏休みに、トマス・マンの『ヴェニスに死す』をイタリア語で読んだ。若いころ、岩波文庫かなにかで読んだこの作品を、もういちど読もうと手にとったのは、美しい装幀のその本に惹かれたからだった。くすんだ、ほとんど茶に近い紫の箱に入った地味で贅沢な装幀の本で、それはタイプライターやコンピューターで知られるオリヴェッティ社がクリスマスに社友やお得意さんに配るイタリア語版の贈呈本である。イタリアのオリヴェッティ社では、毎年、美術にうるさい広報部がこの人とえらんだアーティストに挿絵を依頼して、美しい単行本を用意する。テキストはイタリアの作品あり、外国文学もありだが、おおむね既存のものを使用し、そのかわり、紙も、レイアウトも装幀も、とびきり洗練されたものである。私は運よくその何冊かを入手して、大切にしている。たとえば、一九七二年は有名な『ピノッキオの冒険』で挿絵はロラン・トポール、七六年はソローの

『森の生活』(これは原語である英語のまま)、挿絵はポール・デイヴィスといった具合である。どれも、とてつもなく大きくて重たい本で、本棚のなかで場所をとっているが、手にとることはめずらしい。その夏読んだ『ヴェニスに死す』は八〇年に配られたもので、訳者は、マンの訳では定評のあるアニタ・ロォ、これはエイナウディ社の新書判のシリーズのものをそっくりそのまま頂戴している。この本がオリヴェッティ社の他の本と異なるのはその大きさで、小型なB5判ほどのサイズである。挿絵は、ロザリオ・モッラとあり、ロザリオという名から、南部出身の人だということは想像がつくが、それだけしか私にはわからない。こまかい点のようなタッチでアウトラインを作っていく画法の白黒のエッチングふうのもので、かならずしもストーリーにはつながっていない、ヴェネツィアの海や教会や運河、それにミュンヘンらしい街角などが描かれている。饒舌と寡黙という形容を絵について使えるなら、この人の絵は白黒で見るせいもあるだろうが、ひどく繊細で寡黙だ。それは、あまり人に知られていない、ヴェネツィアのある雰囲気をつたえている。

昔、『ヴェニスに死す』を読んだのは、本を脳の筋肉（そんなものがあるとすれば）でただ嚙み砕いているにすぎないような若いころのことで、あたまに残っているのは、だれもが知っているストーリーだけだった。そのうえ、評判の高かったヴィスコンティの映画の話を、いろいろな人に聞いたり読んだりして、知らず知らずのうちに、この作品をよく知っているように思い込んでいた。

もともと、トマス・マンの作品はこの『ヴェニスに死す』や、『トニオ・クレーゲル』くらいでずっとお茶を濁してきたのだったが、最近になって、これも夏休みに、やはりアニタ・ロォ訳『ブッデンブローグ』を読んで、私はこのドイツの作家の偉大さに目を開かれる思いをした。北ドイツ、リュベックの大商人の家族の物語が、おそらくはマン自身の（すなわち私には読めない原文の）、積み上げ積み上げしていくような硬質で重層的な文体が見事なイタリア語に移されていて、それまでは想像もしなかった、中世の大伽藍を目のあたりにするような作風に心を奪われ、ああ、これが書くということかと感動したのだった。そして、それらの特質、とくに原文の文体がひしひしと読む者に伝わってくるようなアニタ・ロォの訳も、私にとっては衝撃的だった。

これに刺激されて読んだオリヴェッティ版の『ヴェニスに死す』は、美しい装幀とともに、私をじゅうぶんに満足させてくれた。もういちど本を読むまでは観るまい、とそれまで我慢していたヴィスコンティの映画も、安心して観ることができるほどに。それと同時に、それまで自分のなかで、目にはいったゴミのように、ごろごろして落着かなかったヴェネツィアのイメージが、おぼろげながらひとつのかたちを持ちはじめた。

最初ヴェネツィアに行ったときのことを、どうして自分ははっきり思い出せないのか。世にも不思議としか言いようのない虚構の賑わいと、それとうらはらな没落の憂鬱にみちたこの島は、夫が生きていたころ、きっといつか僕が連れて行くと約束した場所のひとつだったが、彼は、他の多くの約束とおなじように、どれも果たせないまま死んでしまった。私のはじめてのヴェネツィア行きは、彼を喪ってから、まだ日の浅いころだったに違いない。思考が麻痺し、真空のなかで呼吸を強いられていたような日々で、知り合ってまだ日の浅い友人に誘われて、私はこの都市にたいするなんの心構えもないままついて行ったのだった。友人は、生粋のヴェネツィアっ子だったが、つい最近まで中央アフリカのチャドだったかで奉仕活動をしたあと、いまはミラノの病院で看護婦をしている、名はルチッラという若い娘さんだった。

髪も目も濡れたように黒い、それでいてボーンチャイナのように色白で頰の赤い小柄なひと（ヴェネツィアを知るようになって、あの均整のとれた小柄な体格は、あの辺でよく見かけるタイプだとわかった）だった。ミラノから二時間ほどの電車の中で、彼女がアルプスのリンドウでリキュールを作る話をしてくれたことは記憶にあるのだけれど、どこで泊まったのか、それとも日帰りで帰ってきたのかも、まったく記憶にない。ルチッラの両親は早く亡くなったとかで、彼女はやはりヴェネツィアで小間物屋を営んでいる伯母さんに育てられた。うす暗いどこかの教会の中で、彼女がその小間物屋の伯母さんを訪ねているあいだ、どうして私もいっしょに連れて行ってくれなかったのか、腑に落ちぬまま、壁画を見て待っていたような気もする。ルチッラはどちらかの脚だったかが不自由なのに、あるいはそのために、いつもこちらが息ぎれするくらいの速さで歩いた。

ほとんど信じ難いことだが、その最初のヴェネツィア行きで私の記憶に残ったのは、ヴェネツィア派の絵画でもなく、教会堂でもなく、海の色でさえなかった。まだ寒い早春の光の中を、ちょっと歩くとすぐに行きづまり、行きづまっては、また横にそれて続く、運河沿いの石畳の道を、黒のマントに黒いブーツをはいたルチッラのあとを、彼女におくれまいとして終始走るようにして歩いた、そのせわしなさが、あのときの思い出と言えば言えなくもない。ヴァポレットと呼ばれる水上バスにも乗ることは乗ったのだけれど、ルチッラはヴェネツィア人は裏道に詳しいから舟にはなるたけ乗らないとか言って、つぎからつぎへ橋を渡ったり、トンネルのように暗く細い道をくぐりぬけたり、はじめての私にとっては、まるで夢の中の迷路をたどっているようだった。

もうひとつ、印象に残ったといえるのは、ヴェネツィアの人たちの話し声の抑揚だった。ときおり立ち止まって、美術館の開館時間をたずねたり、ものの値段を訊いたりするルチッラの澄んだ高いピッチの声が、石畳にこだまし、運河の水に跳ね返った。町のあちこちには、高低の激しい、それでいて標準語にくらべると、なにか心もとないほど軽やかさのある、この町の言葉を操って楽しそうに立ち話をしているおばさんたちがいた。私はそれを聞いて、夫が死ぬ前年ぐらいから毎日、朝と夕方の一定の時間にミラノの家の中庭にどこからかいっせいに集まって来たスズメの囀りを思い出すほどだった。鳥たちの集まるのはきまって一本の木で、それはネズミモチかなにか、煤で黒ずんだ葉がまばらについた、やみくもにひょろひょろと伸びただけの、なんの景色にもならない木だった。どうしてその木だけに来るのか、私たちは不思議に思ったが、それでも、その時間だけ、あの日当りのわるい陰気な中庭が、一瞬、生命の感覚のようなものに溢れるのだった。小さなこころよい騒音のようなヴェネツィアの話し声はふとそれを思い出すくらい、耳を愉しませ、そのことに私は驚いていた。夜、とたしかルチッラは言っていた。町を歩いてると、人の靴音や話し声なんかが、角を曲るまえから聞こえてくるのよ。ヴェネツィアでいちばんすてきなのは、あれかも知れない。

しかし、この最初の訪問で私がヴェネツィアを理解したといえば、うそになる。他にも類似した経験がないことはないが、とくにヴェネツィアに限っていうと、私はこの浮き巣のような都市の魅力に、すぐに反応したとは思えない。このせまい小さな島の町は、判断の基準がそれまで訪れたことのあるどんな都市とも激しく違っているので、正直いって、なにがどのように美しいのかを自分に説明できるまでに、ながい時間がかかったように思う。だが、そうかといって、ヴェネツィアが閉ざされた都会だというのではない。それどころか、訪れる度にヴェネツィアは、以前には感じとることのできなかった新しい魅力で私に迫り、それまでの理解がとるに足らぬほど浅かったことを教えてくれるのだった。それは、ある日ある時間にふいに現れて、訪問者をはっとさせる。きらきらと水面に燦めく夕陽の光がたえず波に砕け散るように、それはいつも限られた時間の中に現れ、突然、見るものを襲うのだが、おなじ経験が反復されることはほとんどない。そんな美しさをヴェネツィアは、少しずつ露わにして見せてくれた。

私にとって二度目のヴェネツィア体験の機会は、その翌年の夏やってきた。ミラノで仕事をもっているドイツ人のハンジィ・ケスラーが、リドのアルベローニという小さい村のペンションに二週間ほど来ないかと誘ってくれたのだった。ふだんはミュンヘンに住んでいる彼女の娘カティアと二人の孫たちが合流するはずだった。リドは、もともと浜辺を意味する普通名詞だが、ちょうど浜名湖や天の橋立のように、ヴェネツィアの島を外海からすっぽりと護るようにして、大陸から海の中にずっと細い腕をのばしたように長く伸びた砂州である。まだイタリアを知らないころに愛読した『イタリア紀行』でゲーテ（あるいはその翻訳者）は、「細長い地峡」という表現を用いていて、この砂ばかりの土地が消失するようなことになったら、ヴェネツィアの存在はその日から脅威にさらされると憂い、これをヴェネツィアの安全のために保存することの重要性を説いている。今日リドは、植物などもごくふつうに繁茂していて、もはや砂州という印象はうすれ、豪壮なホテルや別荘が立ちならび、海水浴場としても夏は混雑するらしいし、映画祭が行われるのも、このリドの「島」である。しかし、私たちの泊まっていたアルベローニは、そんな華麗な響きをもったリドの本町の船着き場から、さらに、ヴェネツィアが遠くに見える海沿いの道を三十分ほどバスに乗って行ったところの寒村だった。そのペンションは松林の中にあったが、あたりの土壌は砂っぽく、景色ぜんたいがなんとなく白茶けていた。観光が今日のように普及しなかったころは、ほとんど住む人もなかったのではないか。事実、収入の限られた自分にとっては少々贅沢とも思えるヴァカンスの旅行を私があえて決心したのも、ハンジィが薦めてくれたペンションの値段がとびきり安かったからである。

いくらハンジィたちといっしょだとはいっても、アルベローニのペンション暮しはいかにも退屈だった。二、三日すると私はそんな無為の生活に我慢できなくなって、毎朝、バスと連絡船を乗りついでヴェネツィアに出かけた。案内書をたよりに美術館や教会を訪ね、サン・マルコ広場の鳩に圧倒され、メルチェリアと呼ばれるめっぽう細い目抜き通りの両側を飾るショーウインドウのきらびやかさに目を奪われ、ときにはリアルト橋の欄干に乗り出して、ひっきりなしに下を通るゴンドラや水上バスの往来を眺めた。それでも、なにか満たされないものが、私のなかでわだかまりつづけた。まだ、ヴェネツィアのほんとうの顔を見ていない、そんな思いが私を捉えて離さなかった。

早春にルチッラとここを訪れたときとは違って、私は自分がひどくおざなりな観光客になってしまったのを感じていた。ルチッラと来たときは、彼女のせわしない歩調と、街角で耳にする漣のような話し声がヴェネツィアをすっぽりと覆ってしまって、私はいきなり小鳥の島に連れて来られたかのように、なにもかも夢うつつだった。ミラノに帰ってからも、自分がはじめての土地に立ったのかどうかもはっきりと言えないほど、その印象は混沌としていたのだが、ヴェネツィアはたしかに、小声ではあるけれど、なにかを語りかけていた。それがいま、律儀な勤め人のように、朝ごとにフェリーで通って来るヴェネツィアは、いかにもそっけなく、それに夏の太陽はいかにも健康であかるくて、すべてが隅々まで見えすぎた。あの魔法にかけられたようなヴェネツィアをもう一度体験したくて、とうとうある夜、私はリドに戻るのをやめて、ヴェネツィアに宿をとった。

観光客相手のレストランで味気ない食事をして、駅の案内所がやっと見つけてくれた三流ホテルの狭い部屋にかえると、あとはすることがなかった。ひとりで夜の町を歩く勇気はなかったし、持ってきた本も読みあきて、なんだこんなことかと、なかば落胆して早ばやと明りを消した。案の定、すぐには寝つかれず、暗闇の中で横になっていると、家の中のいろいろな騒音が気になった。水道の音、ドアを閉める音、廊下の人声。わざわざヴェネツィアに来て泊まったのに、騒音で寝られないなんて最低だと思いながら、私はいらいらしていた。だが、それもだんだんと静まり、いつのまにか私は眠ってしまった。どれくらい眠ったのだろう。ふと、物音で目がさめた。暗い中で、耳を澄ませたが、先刻までの騒音と違って、今度の物音はおよそ見当のつかない種類のものだった。しかし、じっと聴いているうちに、それが窓の外から聞こえてくる水の音だとわかった。運河の水が岸に当たっている、そこまではよかったが、その水音は、もうひとつの、まったく自分には想像のつかない摩擦音を伴っていた。なんだろう、といろいろ考えたが、わからない。私はとうとう起きだして、音がどこからくるのか確かめようと窓を開けた。その窓は小さな運河の終点のようなところに面していて、最初、部屋に案内されたときは、眺めもなにもないのにがっかりして、すぐに閉めてしまったのだった。いまもう一度開けて見ると、考えたとおり、運河の水が岸の煉瓦にチャポチャポと当たっていた。そしてすぐそばの暗い街灯に照らされて、小舟が一そう繋がれているのが見え、私はあの摩擦音が、舟の舳先が波の上下につれて岸辺の石にこすれる音であることを突きとめた。それはスタンダールやアッシェンバッハの劇的なヴェネツィアとはほど遠い、そしてあの汗と喧噪に満ちた昼間のヴェネツィアには似ても似つかない、ひそやかでなつかしい音だった。何時ごろまで、その音がつづいたのだろうか。私はその音を聴きながら、なにかほっとしてまた眠りに落ちたのだった。

その夏から今日まで、何度ヴェネツィアを訪れたか、もう思い出せない。仕事の関わりで、その町に知人もできるようになった。そんなひとりに、リド育ちのラファエッラがいて、あるとき、彼女が自分の家族のことを話してくれた。若くして亡くなったお父さんは、お祖父さんの代からの小さなホテルをリドで経営していた。小さかったけれど、格式のあるホテルで、一九三〇年代、リドが有名な海水浴場になったころには、世界中から、立派なお客を迎えた。お祖父さんは、朝早くから夜おそくまで、使用人を統率し、彼らの働きぶりに目を光らせ、みなに恐れられた。九十歳で亡くなるまで、食堂に降りてくるときは、たとえ家族だけの食事でもかならず服を着替えた。ステッキを部屋に忘れても、胸に花を一輪、飾るのは忘れなかった。スイス生まれのお祖母さんは大女で（ラファエッラは、働きものの性格も、体格も、このお祖母さんに似たと言っていた）、お祖父さんが若いころ、スイスのホテルで修行していたときに一目惚れで好きになり、ヴェネツィアに連れて帰って結婚した。そんなわけで、お祖母さんはヴェネツィア言葉は一生話せなかった。お祖父さんが方言で使用人に話すと、お祖母さんはやきもちを焼いて、腹を立てた。

　あなたはヴェネツィア言葉ができるんでしょう、と私は愚劣な質問をした。当然よ、というのが、彼女の誇らかな答えだった。子供のころはよくホテルの台所に遊びに行ったわ。料理人たちがかわいがってくれたから。でも、うちの台所に行くと、まるでゴルドーニの舞台みたいな会話が毎日のように聞けたわよ。

ゴルドーニは一八世紀のヴェネツィアが生んだイタリア最大の喜劇作者で、彼自身最初は役者だったが、やがて自分でも創作するようになった。役者のアドリブに多くをまかせる、当時衰退していたコメディア・デッラルテの伝統を活かし、それに新しい性格劇の要素を組み込んだ作風は今日高い評価をうけている。ヴェネツィアの庶民の笑いのエッセンスを集約したような彼の作品のいくつかは、今日でもミラノのピッコロ・テアトロ劇場のレパートリーとして上演されている。作品のあるものは標準のイタリア語で書かれているが、とくに初期のものには方言のものが多い。フランコ・パレンティという役者が扮するゴルドーニ劇のアルレッキーノを何度か観る機会があったが、舞台せましと跳びまわる、軽業のような身のこなしと、パラパラと豆まきの豆のように口をついて出る、語尾がフワッと上がるヴェネツィア言葉の台詞に、ただ魅了されたものである。

ゴルドーニの名で、私はもうひとつヴェネツィアに関係のあることを思い出した。それは、一六世紀の文人建築家アルヴィーゼ・コルナーロの考案したヴェネツィアの市民のための劇場についてある学者が書いた論文だった。「そのような劇場は」と著者のマンフレード・タフーリは述べている。「〈ヴェネツィアふう〉に完結し、幻想的なオブジェとなる……（そして）海に浮かぶこの劇場は、それ自体、演劇的な現象であり、ヴェネツィア共和国の最大の〈観客席〉サン・マルコ広場から〈ゆったりと〉鑑賞できるはずである」

ラファエッラの家の台所の話から、ヴェネツィアの演劇と劇場に話が飛んでしまったようだが、無意識の飛躍ではない。年月とともに、私は、ヴェネツィアという島＝町が、それまで私が訪れたヨーロッパの他のどの都市とも基本的に異質であると思うようになっていた。そして、その原因のひとつとして私が確信するようになったのが、この都市自体に組み込まれた演劇性だったのである。ヴェネツィアという島全体が、たえず興行中のひとつの大きな演劇空間に他ならないのだ。一六世紀に生きたコルナーロはヴェネツィアに大劇場を設置することを夢みたが、近代に到って外に向って成長することをしなくなったヴェネツィアは、自分自身を劇場化し、虚構化してしまったのではないだろうか。サン・マルコ寺院のきらびやかなモザイク、夕陽にかがやく潟の漣、橋のたもとで囀るように喋る女たち、リアルト橋のうえで澱んだ水を眺める若い男女たち、これらはみな世界劇場の舞台装置なのではないか。ヴェネツィアを訪れる観光客は、サンタ・ルチアの終着駅に着いたとたんに、この芝居に組み込まれてしまう。自分たちは見物しているつもりでも、実は彼らはヴェネツィアに見られているのかもしれない。かつて、私がヴェネツィアのほんとうの顔をもとめたのは、誤りだった。仮面こそ、この町にふさわしい、ほんとうの顔なのだ。

さらにもうひとつ、私がヴェネツィアの虚構=演劇性を感じさせられたことがあった。それは、あるとき、所用でこの島を訪れたときのことである。約束の時間があって、サンタ・ルチアの駅から、水上バスに乗り、人がサン・マルコ広場の停留所で待っていた。水上バスの待合所は、運河に浮かんでいて、一人それに乗るごとに、ぐらりと大きく揺れる。ここから、サン・マルコまで、何分ぐらいかかるかしら、と私は切符売場の男に、ミラノでなら(そして東京でも)即座に、そして少なくとも何分ぐらい、という種類の返答が帰ってくるはずの質問をした。さあ、たいしたことはないでしょう。返事はまことにおぼつかないものであった。そのわけは、ヴァポレットに乗ったとたんに理解できた。船というものは、かたい道路ではなくて、うねうねとうねる水のうえをゆらゆらと揺れながら渡っていく。当然のことなのだが、この体験は衝撃的だった。とても、直線で何メートルというような基準には合致しない進行方法なのである。波まかせ、という言葉を思い出し、私は奇妙ないらだちを覚えていた。約束の時間に着かなければならない、という自分の意志に先行して、波が、水が時間を決めている。そう思うと、私は、こんな頼りにならないものに依存しているヴェネツィアの時間が、ちょうど舞台のうえの時間のように、ここだけにしか通用しない法則に司られていると感じたのだった。

そして、『ヴェニスに死す』の物語をこの町に設定したトマス・マンの嗅覚は正しかった。ヴェネツィアが観光客にあふれて、もっともこの舞台性を強調するのは、他でもない、あの息づまるような夏だからである。「島」であることですでに完結しているヴェネツィアは、「舞台」となることによって、二重の完結性を獲得する。さらにマンは、この背景がかかえこむ完結性を、物語とその主人公の完結性に結びつけている。

まぼろしの時間は、しかし、いつか現実への回帰を余儀なくされる。途方もない夢を現実と交換して生きてしまったヴェネツィアが、ふと、忍びよる滅亡の運命の重みを感じて、正気の溜息をもらすことがある。いつか、ホテルの枕もとで私が耳にした、あのひそやかな水音は、そんな瞬間のヴェネツィアの呟きだったような気もする。

ある年の十二月、もう年の暮も近いころにある会合があって、ヴェネツィアを訪れた。観光客のいない季節のヴェネツィアははじめてだった。参加者は朝八時半には会場に着くように指示されていた。八時すぎ、ホテルを出たところで、私は不思議な光景に出くわした。それはとりわけ底冷えのする朝で、凍りつくような空気の中に濃い霧がしっとりと立ちこめ、つい目のまえの家具店のショーウインドウが、霧の中で見え隠れしていた。だが、私を驚かせたのは霧ではなかった。

ホテルと隣りの建物のあいだには、人と人がやっと擦れ違うことのできるくらいの狭い路地があって、それを通りぬけると、大運河の水上バスの船つき場に出るはずだった。その路地に入ろうとしたとき、向うからだれか人が出てきた。一人、また一人、それは、出勤途上の男女らしく、みな、せわしげにホテルの前の広場を過ぎていった。私を驚かせたのは、その一群の中の女たちが、一様に口を閉ざして、視線を石畳に落して、足早に歩いていたことだ。夏の日に耳をくすぐったあの甲高い笑いさざめきは、もう、どこにもなかった。そして、その服装。大半が、黒、あるいは濃い緑色の裾の長いマントを着て、膝までのブーツを履いていた。私は数年まえのルチッラの服装を思い出した。あのとき、少々芝居がかっていると思った彼女の服装は、ヴェネツィアの女たちが、このつめたい冬の気候から身を守るために考え出した武装だったのだ。芝居の季節はとっくに過ぎていたが、彼女たちは、登場人物であることを忘れず、しゃんと背筋をのばして、ひとりひとりが、それぞれ振り当てられた舞台の場所をめざすかのように、黙々と足早に歩き去っていった。

それは、なぜか心を打たれる光景だった。冬のヴェネツィアの女たちに魅せられて、私は立ちつくした。

アントニオの大聖堂

　ふと目が覚めると、大聖堂のファサードが、目のまえにあった。朝霧の中、乳白色の大理石の細い円柱の連らなる柱廊を何段か重ねて構成した美しい平面が、巨大な垂れ幕を降ろしたように、視界をさえぎっている。あっと思うと、つぎの瞬間には、すべてが霧におおわれ、見えなくなった。耳のそばで、「ルッカだ、大聖堂だよ」という声が聞こえなかったら、すべてを不思議な夢と思ってしまうほど、それはまぼろしのような光景だった。

　どこを何時に発ったのか、どうして汽車でなくて、しかもあんな場所で早朝のバスに乗っていたのか、まったく記憶にない。ルッカだと教えてくれたのは、いっしょに旅をしていた友人のアントニオだった。アントニオは、駆け出しの記者時代に出版した一連の著書で一応の知名度を獲得し、当時は文芸誌や新聞の文化欄に寄稿したり、あちこちの町の文化センターのようなところに呼ばれて講演をしたりで生計をたてていた。彼を知ったのは、ミラノの友人を通してだったが、自分の生まれ育ったトスカーナを日本から来た私に見せたいと言って、何度か自分の仕事にかこつけて、まだミラノの生活に慣れていない私を、あちこちの小旅行に誘ってくれた。彼は、ぬっとした感じのいかにも風采のあがらない大男だったが、きつい近眼のレンズの奥で、やさしい目がいつも笑っていた。カ行とハ行を混同するフィレンツェなまりが、周囲がミラノ人ばかりだった私にはめずらしかった。

知りあったころ、アントニオはもう四十に手のとどく年齢だったろうか。独身で、ぬっとした風貌にもかかわらず、いやおそらくは、どこか白い象を思わせ、安心感をあたえるその風貌のために、講演会やサークルなどで近づきになった女性たちにファンが多かった。該博な智識を縦横に駆使して、中世から現代にいたるまでの社会思想の流れを、フィレンツェ人らしい、綿密な論理とさわやかな弁舌を駆使して分析してみせる彼の講演には、いつも女性の聴衆が目立つと言われていた。サヴォナローラについての彼の講演を聴いたことがあるが、一五世紀のフィレンツェで、大胆な政治改革をこころざしながら、教会の怒りにふれ、かつては彼を熱狂的に推した支持者からも見捨てられ、異端者としてサンタ・クローチェの広場で焚刑に処せられた悲劇的なデマゴーグの民主主義思想を、その著作にもとづいて彼の生きた時代の思想的背景のなかで浮彫にしてみせた、印象的な講演だった。

アントニオの両親はとっくに亡くなっていて、親がわりのような姉さん夫婦が、フィレンツェの郊外のカルディーネ（アントニオはその地名をハルディーネと発音した）と呼ばれる小さな村に住んでいた。年のはなれたその夫婦が、アントニオにとっては唯一の係累らしかった。二人は古い教会堂の堂守をするかたわら、なにほどもない農地を耕していて、アントニオは、この姉さん夫婦のところに友人を連れて行って、まるで自分の家のようにふるまい、食事に招待するのを楽しみにしていた。土間という言葉がそのまま生きている古い農家風の台所で、私たちはどんなレストランのメニューにもないトスカーナ料理をごちそうになり、またミラノでアントニオに会うと今度はいつ招んでくれるの、と臆面もなく頼んだりした。お姉さんは名をジーナといい、アントニオとおなじように、ぬっとした大女だったが、アントニオのやさしさはなくて、気のつよいはたらき者だった。彼女とは対照的に小男でおとなしい旦那を彼女がこきつかう様子が滑稽だと、恩しらずの私たちは、ご馳走になったことは棚に上げておかしがった。トスカーナ弁は、ダンテの昔からもっとも正統で美しいイタリア語とされているのだけれど、機知にとんだ夫婦のやりとりは、ときにボッカッチョの陽気な物語を再現しているようで、私たちを楽しませてくれた。ジーナが旦那のフィオーレ（花、という名なのである。この地方ではとくにめずらしい名ではないそうだが、それも私たち仲間の無骨なロンバルディア人にはユーモラスに聞こえた）を呼ぶと、ゆるやかな抑揚がついて、まるで歌のように聞こえる。フィオォレーと、語尾をちょっとのばして上げるのが、悲しい余韻のようにあたりに漂い、それが夫婦のつましい暮しぶりと響きあって、一種の雰囲気をかもしだした。いまでも、ジーナの真似をしてあの名をくちずさむと、カルディーネの緑に埋もれた白壁の家が目に浮かぶ。枝の剪定から実を採りいれて搾るところまで手塩にかけて作ったオリーヴ油、ジーナが台所で捏ねて村の共同竈で焼いた肌理《きめ》のあらい塩気のないパン、裏の畑でとってきたばかりの匂い立つバジリコの枝やトマト、軒につるして乾かしたニンニク。汚れるとジーナが石鹸水をぶっかけてブラシでゴシゴシ洗う、すっかり木目のあらわになった食卓。地下の貯蔵庫で、ダミジャーナと呼ばれる直径一メートルほどもある籐で巻いたガラス瓶に入った葡萄酒を、何十本ものリットル瓶につめかえているフィオーレ。ダミジャーナにつけたホースを、まず自分が口で吸ってから、それぞれの瓶に注いでいく。葡萄酒を九分どおりつめると、その上に何センチかオイルを入れる。これで外気を遮断できるわけだ。それでも、その上にまだ、古新聞をまるめて作った栓をする。どうしてかわかるか、と横でしゃがんで見ている私に、フィオーレがうれしそうな顔をしてたずねる。わからない、と答えると、ネズミさ、こうして栓をしとかないと、ネズミが来てシッポを瓶に入れてオイルを甜める。ほんとうかなあ、と私は思いながら、目尻をしわだらけにして、歯のぬけた口を大きくあけて笑う日焼けしたフィオーレの顔を見つめる。

そのカルディーネに、ミラノとフィレンツェの女ばかり五人ぐらいのグループが、(どういう機会だったのか)夕食に招ばれたことがあった。みんな二十代の後半、それぞれの町で仕事をもつ人たちだった。食事がすむと、私たちは庭というのか、家の横に茂った草原にすわって、あれこれととりとめのない会話を楽しんでいた。どうしてかアントニオはその場にいなくて、話はだんだん共通の知人のうわさ話になった。うわさされるのは、私の知っている人のこともあり、知らない人のこともあった。会ったことはなくて、名前だけ聞いているような人もあった。ミラノの書店で働いているルチアが会話をリードしていて、フィレンツェの人たちは、どちらかというと聞き役だった。やがて長い初夏の日もとっぷりと暮れて、草むらのあちこちに螢が明りを灯しはじめた。暗くてそれぞれ相手の顔が見えない安心感のせいか、うわさ話は徐々に大胆になっていった。

ふと、だれかがガッティというミラノの書店の仲間の名をあげた。「あの、ガッティっていう人」と言ったのはフィレンツェの友人だった。「かわってるの?」「あたりまえでしょう」とピエラの声が答えた。「知ってる？　あの男はルチアに求婚したのよ」ルチアは書店でガッティの同僚、ピエラはルチアの親友だった。「ほんとうなの？　それで、ルチア、あなたはどうしたの？」興味津々な声でフィレンツェの友人がたずねた。「いやあね。あいつは自分がどういう人となら結婚できるかなんて、考えたことないのよ。あんなのと私が結婚するはずないでしょ」乾ききったルチアの答えのつめたさに、私ははっとした。

闇の中の声はそれからもつづいたが、私はその夜、しばらく寝つけなかった。その日まで、私はガッティとルチアを対等な同僚と考えていた。ガッティがルチアに求婚したのがほんとうなら、そしてルチアがそれを断ったのなら、あのときどうして彼女は黙っていてあげなかったのか。ガッティはたしかに変り者だし、風采もあがらない。どちらかというと、ずっこけた存在だったにはちがいない。でも、すばらしい知能の持主だし、だれに対しても紳士的で、根っからの善人だ。なによりもルチアの同僚ではないか。「あんなの」とはいったいどういうことなのか。

「どういう人となら結婚できるか」ふと、その言葉の意味に気がついて、私は血の凍る思いだった。その場にいあわせたのは、フィレンツェ組もミラノ組も、みな、一応名のある家の出の人たちだった。彼女たちにとって、資産も背景もないガッティは、まったく相手にならない、という調子が彼女の声には聞きとれた。吐きすてるような「いやあね」が、たぶんそれをものがたっていた。ガッティのために、そして、ガッティが代表する、彼女らの侮蔑のまとになっている（アントニオもふくめた）貧しい友人たちのために、私は傷つき、彼女たちの自信にあふれたつよさが無性に悲しかった。それまで自分と思想をわかちあう友人と考えていたルチアやピエラが、別の世界の人間になってしまったようで、なんとも口惜しかった。

あるとき、ミラノに来たアントニオが、めずらしいところに連れて行くから、フィレンツェまでいっしょに来ないかと誘ってくれた。フィレンツェの駅からは車で北に向って、ムニョーネ川に沿った道を登って行った。橋のたもとで信号を待っていたとき、とまっていた荷車につないだロバが、ひどくけたたましい声で鳴いたのに、びっくりしたのを憶えている。その辺りまでは車だったが（誰が運転していたのだろう。アントニオは運転ができなかった）、そのあとは、どこで電車に乗ったのか、鉄道線路の両側の景色が記憶にある。五月か六月、美しい初夏の季節だった。電車がだんだん山にさしかかると、ジョットの絵画を思わせる樺色に乾いた丘の斜面に金色のエニシダが咲いていた。冬はなんの特徴もない、常緑の茂みでしかないこの群生した灌木が、あちこちに焚火を置いたように、他にこれといって色のない丘いちめんに咲き乱れていて、あたりがふいにあかるくなった感じだった。ジネストラ、と多くの詩人が思いをこめてうたったこの野の花の、太陽の色の黄の群らがりを、私は息をのんで眺めた。また少し行くと、こんどは、ニセアカシアの白い大きな花房が、その重みで梢をしなわせるほど咲きそろっているところを通った。やわらかい緑の葉蔭に見え隠れする白い花が、走っていく電車の車体にふれるほどで、あまい薫りが開け放たれた車窓から入ってきて、列車ぜんたいがその匂いに染まった。

その電車は、トスカーナの山を越えて、エミリア地方の陶器で名高いファエンツァに行く路線だったが、私たちは途中のマッラーディという山峡の駅で下車した。そこにアントニオの学生時代の友人がいて、私たちは友人のお母さんの家で昼食に招待されているのだった。

マッラーディは、トスカーナ地方の最北、あと少しでロマーニャ地方に入るという辺り、(イタリアを北と南に分ける)アペニン山脈のふところに抱かれた山の町である。フィレンツェからの距離は七十キロに満たないのだが、文化史的には、ボローニャとフィレンツェの間を揺れ動いてきた。一風変った作風で知られる二〇世紀初頭の詩人ディーノ・カンパーナの出身地として教科書にも出ている以外はこれといった観光名所もなく、幹線道路からはずれたこの地を訪れる人は多くない。

当時の私は詩人カンパーナについてはほとんど無知であったが、文学史の教科書で読んだ、どこか『酔いどれ船』のランボーを想わせる、イタリア詩にはめずらしい恍惚感、『聖アンナ』のレオナルドにも似た妖しい暗さ、そして、執拗なリズムにささえられた魔性を感じさせる彼の詩行は印象に残っていた。

生涯、分裂症の発作に悩まされ、十四年ものあいだ精神病院に幽閉されて、ついに世間に戻ることなく世を去ったこの詩人の悲劇的な生涯を知ったのは、ずっとあとになってのことである。分裂症の徴候をみせるようになったのは高等中学校の生徒だったころで、発作に襲われると、当時でも信じ難いほどの道程を、ひとり歩きつづけることがあった。マッラーディからファエンツァ、さらにフォルリィからボローニャへ、さらにマッラーディからフィレンツェへと、どれも険しい山道を、狂気につきうごかされて歩き、ついにはイタリアを出て、パリに行き、さらに船員になってオデッサまで漂泊の旅をつづけたカンパーナの生涯は、それだけでも物語の要素を多分にもっている。

なかでも胸をうつエピソードは、彼が長年かかって書きあげた詩集『オルフェウスの歌』

の紛失事件である。詩の才能を認めてもらおうと、彼は作品を書いたノートをたずさえて、当時フランス通の評論家として名のあったアルデンゴ・ソッフィチを訪ねる。ところが、受けとった直後に家を引越したソッフィチが、カンパーナのノートを紛失してしまった。あずけたほうの絶望はもちろん想像を絶するものだったろうが、あずかったほうも、どんな気がしただろうか（整理の苦手な私は、さがしものをするたびに、この話を思い出して、ぞっとする）。そのころ、すでに世間と精神病院のあいだを行き来していた詩人は、それでも必死の力をふりしぼって、すべての作品を記憶から掘り起こして、もう一冊の『オルフェウスの歌』を書きあげる。それが現行版の『オルフェウスの歌』である。ソッフィチは一九六四年に八十五歳で亡くなったが、死後、カンパーナのノートが彼の残した書類の中から発見されたという記事をどこかで読んだような気がする。もしほんとうにそういうことがあったのなら、現行版の『オルフェウスの歌』とはどのように違っていたのだろうか。

いずれにせよ、カンパーナの生涯について読んだのは、結婚したあとのことで、アントニオに連れられて行ったころのマッラーディは、初夏の光にあふれていて、糸杉のとがった梢が、暗いほど青い空に屹立し、そこには陰鬱なカンパーナの詩や彼の薄幸な生涯を想わせるものは、なにもなかった。アントニオの友人と友人のお母さんは、遠くから来たアントニオと私を心のこもったご馳走でもてなし、アントニオをかわいがっていたという、亡くなったお父さんの話や、共通の知人の話で食卓の会話はにぎわった。おそらくは詩人が狂気と格闘していた血みどろの日々にも、故郷の人々は、これとまったくおなじように平穏で愉楽に満ちた食卓についていたに相違ない。そして、カンパーナ家の気違い息子のうわさを、声をひそめて話したに違いない。いま、カンパーナについて読むたびに、私はあのマッラーディで過した、あかるく静かな一日を思い出す。

ミラノでの生活に慣れてくると、アントニオと会う機会も少なくなった。フィレンツェに行くこともなくなり、彼のうわさは夫が書店で聞いてくるぐらいだった。あいかわらず元気で各地をとびまわっているということだった。あるとき、お姉さんのジーナが眼をわずらって、フィレンツェの病院で手術をうけたと聞いたことがあった。友人仲間で気にかけているうちに、すっかり快復した、とまただれかが言って、安心したりした。

夫の最晩年になった一九六七年、中国の文化革命に刺激されたヨーロッパの若者たちが体制を批判して立ち上り、ミラノの学生たちも全国にさきがけて既成秩序をくつがえすことに狂奔した。青年層の顧客が多かった夫の書店もその波にまきこまれ、もっと若者を理解すべきだという意見と、書店を政治の場にするなという意見が仲間うちで対立するようになった。双方にとって、それはつらい時代だった。アントニオがフィレンツェで、激昂した学生になぐられて怪我をしたという話を聞いたのもそのころだった。彼がどのような立場をとっていたのか、彼をなぐった学生がどんな思想傾向の人たちだったかは、聞かなかったが、夫はアントニオはやさしい男だから間に立って苦しんでいるのではないかと心配していた。

そんな混乱の最中に夫は病気になり、あっという間に死んでしまった。柩が教会から運びだされるというときに、アントニオだ、とだれかが言った。まわりにいた人たちが、道をあけたところに、アントニオが汗びっしょりになって、立っていた。手には半分しおれかけたエニシダの大きな花束をかかえていた。きみが好きだったから、そう言ってアントニオは絶句した。

それが、アントニオと会った最後だった。やがて彼がアルゼンチンに移住したという、ちょっと信じられないようなうわさを耳にした。それからアントニオがアルゼンチンで若い女の子と結婚したという話が伝わった。イタリアにはもう帰らないだろう、フィレンツェの政治運動に彼はほんとうに嫌気がさしていたのだ、と言う人もいた。そして、ある日、まったく思いがけなく、彼が心臓発作で急死したという知らせがとどいた。

朝霧の中に立ちはだかっていたルッカの大聖堂が忘れられなくて、私は日本に住むようになってからも、もう一度、あの町を訪れたいと思いつづけたが、なかなか機会はめぐってこなかった。そんなある日、タヴィアーニ兄弟というイタリアの監督が作った『グッドモーニング・バビロン！』という映画を見た。一九三〇年の恐慌の時代にピサの大聖堂を修復した職人の一家が、そのために倒産し、父親がかわいがって、もっとも将来を楽しみにしていた末の二人の男の子が、アメリカに渡って、さまざまな苦労を重ねた末に、ハリウッドの舞台装置で成功をおさめるが、第二次世界大戦で、二人とも戦死してしまうという話だったが、作品のライト・モティーフにピサの大聖堂、キエサ・デイ・ミラコリ（奇跡の教会）のファサードの映像が何度も出てくる。この教会はガリレオ・ガリレイの振子理論ゆかりの建造物として有名だが、ピサ・ロマネスクと呼ばれる、特徴のある様式の完成美でも知られている。映画では、カリフォルニアに流れついた兄弟が、困難に遭遇するたびに、このファサードと、その建築の作業にいそしむ先祖のイメージが（ちょうどガリレイの頃の服装で）、彼らの目前に現われる。「ぼくらの先祖はピサやルッカの大聖堂を建てた人間たちだぞ」と、あるせっぱつまった場面で、二人を理解しようとしないアメリカ人に向って彼らは叫ぶ。映画の冒頭の部分に映るのが、大きな白い花を想わせるピサの大聖堂のファサードで、最後に戦場で死んでいく二人の脳裏をよこぎるのも、当然のことながら、おなじファサードのイメージだった。

その翌年だったろうか、夏休みをフィレンツェで過すことになって、ある日、友人が車でピサに連れて行ってくれた。長年イタリアに住んだのに、ピサは、学生のころジェノワからローマに行く電車の車窓から有名な斜塔のてっぺんの部分を垣間見ただけで、まだ行ったことがなかった。私はかねがねもう一度訪ねたいと思っていたルッカにも、帰り道にぜひ寄ってほしいと友人に頼んだ。

ピサの大聖堂の見事さも、斜塔の不思議さも（塔の下に立って見上げただけで、私は目まいを感じて、とても登る気はしなかった）、洗礼堂の華麗さもさることながら、私は映画にも出てきたカンポ・サント（聖なる野）と呼ばれる墓地の塀の白い連なりに目を瞠り、さらに、この群がる白の饗宴を、おなじ白さの塀で仕切ったうえで、緑の草地に出現させた空間設計の才能に感動した。青い空に、建築物の残像が映るかと思うほど、その印象は強烈だった。

ピサをあとにして、念願のルッカに着いたのは午後も三時をまわっていただろうか。セルキオ川の沿岸に発達したルッカは、古くから農産物の集散地として栄えたが、現在はごく平穏な一地方都市である。それでも、いくつかのモニュメントはあって、私たちはそれをひとつひとつ訪ねてまわった。ピアッツァ・デル・メルカート（市の立つ広場）と呼ばれる、古代ローマの競技場跡は、今世紀はじめまでローマのコロッセオがそうだったように、観覧席にあたる部分が現在もまだ住宅として使われ、ごくあたりまえのことのように、中に人が住んでいるのがおもしろかった。ローマ時代の遺跡といえば、この町が古来の城壁にかこまれていることも、中世かルネッサンスがまず目につくトスカーナでは、めずらしく思えた。しかし、もっとも意外だったのは、名は思い出せないが、ルッカ銀座といった感じの目抜き通りが、アール・ヌーヴォーのデザインであふれていることだった。立ち寄ったコーヒー店は、真鍮や大理石をふんだんに使った一九二〇年代の装飾がそのまま残っていて、私たちの目を楽しませた。そういえば、第一次大戦後にルッカが非常に景気のよかった時代がある、とフィレンツェ生まれの友人も、これは期待してなかったとめずらしがった。

どうしても見なければ、と思いつめていた大聖堂は、城壁に近い、ややさびれた感じの区域にあった。だが、ピサの華麗な建築を見たあとだったからだろうか。あの遠い朝、まぼろしのように、霧の中で見え隠れしていたファサードはそこにはなかった。建築の途中で資金が絶えたのか、大聖堂のファサードは未完で、塔が屋根の片側の勾配に食い込んだかたちでシンメトリーに欠け、私がかつて見た、迫るような圧迫感からはほど遠かった。それに、大聖堂のまえの広場はせまくて、とてもバスがそばを通るような感じではない。バスの窓から見たというのは、私の記憶ちがいだったのだろうか。それでも私の耳には、あの少しかすれたようなアントニオの声の、「ルッカだ、大聖堂だよ」という言葉がはっきりと刻まれて残っていた。

どうしたのだろう、と私は動揺した。もしかしたら、大聖堂でなくて、他の教会だったのだろうか。どこかで記憶がずれてしまったのだろうか。それともアントニオが間違っていたのだろうか。そのあと訪ねたサン・ミケーレという、やはりおなじピサ・ロマネスク様式のファサードをもつ教会は、大聖堂にくらべると多分に完成度は高かった。それでは、あの朝、霧の中で見たのはこの教会だったのだろうか。しかし、ここには黒い大理石が模様のように用いられていて、ピサの大聖堂とおなじ白の印象はずっと薄れている。いったいこれはどういうことなのか。

いや、と私は考えた。これでいいのだ。私にとってのルッカの大聖堂は、やはりあの朝、アントニオとバスの窓から見た、霧の中にまぼろしのように現われたロマネスクのファサードでいい。あれが、アントニオと私のルッカだ、と。

「ルッカだ、大聖堂だよ」という、かすれ声でささやかれた言葉と、霧の中に忽然と現われたロマネスクの白いファサード、そして柩のうえにおかれたエニシダの花束を思い出に残して、アントニオは、物語がおわると消えてしまう映画の人物のように、遠い国の遠い時間の人になってしまった。

あとがき

死んでしまったものの、失われた痛みの、
ひそやかなふれあいの、言葉にならぬ
ため息の、
灰。

ウンベルト・サバ《灰》より

純粋な時間として考えると、六十年の人生のなかの十三年は、さして長い時間ではないかもしれない。しかし、私にとってイタリアで過した十三年は、消し去ることのできない軌跡を私のなかに残した。二十代の終りから、四十代の初めという、人生にとって、さあ、いまだ、というような時間だったから、なのかもしれない。

二十年まえ、日本に帰ってきたとき、いろいろな方から、イタリアについて書いてみてはと勧められた。自分でも、書きたいとは思ったが、自分にしか書けないものをどのように書けばよいのかわからなくて、時間が過ぎた。それが、ある日、チェデルナの本を読んでいて、ふと、書けそうな気がして、そのことを友人の鈴木敏恵さんに話したときから、この文章は書きはじめられた。

本があったから、私はこれらのページを埋めることができた。夜、寝つくまえにふと読んだ本、研究のために少し苦労して読んだ本、亡くなった人といっしょに読みながらそれぞれの言葉の世界をたしかめあった本、翻訳という世にも愉楽にみちたゲームの過程で知り合った本。それらをとおして、私は自分が愛したイタリアを振り返ってみた。

そして、なによりも、尊敬する友人たちの支持とはげましがあったから、私はこれらのページを埋めることができた。ながいこと忍耐をもって、いつかこんな本ができるのを信じて待ちつづけてくださった鈴木敏恵さん、なにかイタリアについて書けるはずだと自信のない私を何年にもわたって勇気づけ、この本を企画してくださった白水社の芝山博さん、面倒な原稿の整理を一手にひきうけ、貴重な数々の助言をくださった藤波健さんには、言葉にあらわせないほどの感謝の気持をお受けいただきたい。

いまは霧の向うの世界に行ってしまった友人たちに、この本を捧げる。

須賀敦子

解説

大庭みな子

女流文学賞という賞があって、数年前までその選考委員を引き受けていたことがあった。普通は何年かの間に頭角を現してきた女性作家の中から、その年度の最優秀作品が選ばれるというものだったが、ある年、今までに馴染みのない人の作品に、突然深い霧の中から見たことのない山肌がすがすがしく立ち現れたというようなものがあった。私の信用している二、三の編集者の方々からの興奮した口調の支持が伝えられていたものではあったが、私も読み始めてすぐに引き込まれた。並々でない知識のある人のようだったが、それらの知識がすがすがしい感性をまとって立ち現れてくるといった魅力に打たれた。

突然現れたそのような作品があったということを私は今もはっきり覚えている。普通女流文学賞の候補にあがるようなものは、それなりの自負から来る、華やかなてらいもあるものが多いのだが、この人にはそのような見せびらかしもてらいもなく、それが先ず快かった。

須賀敦子の名前はそれまで聞いたこともなく、その人の作品が話題を集めていたこともなく、もちろん私は一作も読んだことがなかった。しかし、「ミラノ 霧の風景」は突然霧の中からみずみずしく立ち上がってきた。深い霧の中にいったい何が畳み込まれているのか。頁ごとに読者は立ちすくむ思いがする。

古来女性は語り伝えられてきた話を次の世代に語り伝える才能に恵まれていると思う。須賀さんはイタリアの男性と結婚し、イタリアに長らく住み、イタリアにまつわる知識の深さは相当のもののように思える。だが、それらの知識が調べたものでなく、ひけらかすような学識とは全く別のものであるのはなぜか。ミラノにしてもナポリにしても、トリエステにしてもそれらの町は、彼女の夫や、夫の親族、友人、自分の友人たちによって語り伝えられた、暖かな語感と吐く息が感じられるものである。つまり、あらゆる風景の中に行き来する人々の影は生きている人々から伝わってくるものなのだ。何人かの人々が須賀さん以前にそれらを見て呟いている。それを須賀さんが口移しに、呟き直しているのだ。

だからそれらの風景は生きて動いているのだろう。それは確かにそのように実在し、動いている。

古いよい物語とは大方そのような過程を経て残っているものなのだろう。そして、そのような労をとるのは女性が大方ということは頷ける。男性は批評的にものごとを見るが、見たものを生活の感性で受け止めるのは不得手のように思われる。須賀さんは大昔から女性の繰り返したおしゃべりをおだやかに、ふたたび繰り返しているように思える。まことにそれだけでもこの作品は女流文学賞にふさわしいと思えて、わたしは強く推した記憶がある。ふうん、ふうんと頷きながら、そこにいる人の手を握りしめているような気分になる。須賀さんの文章の下には幾条にも幾重にも、その裏、その向こう側にいるもう一人の人、何人かの人の言葉が重なってうずくまり、そして動いている。その面白さが、須賀さんの文章の面白さなのだ。

須賀さん夫婦は読書家で、二人の内部世界には青春期に読んだ詩や文章の同じ数行が甦ることが多く、その数行が生まれた実在の風景を自分たちの眼で確かめるため、二人であちこち旅をした。だから当然のことながら、須賀さんによって綴られた文章には幾つもの眼が幾層にも重なり合っていくつもの焦点が結ばれている。この面白さが須賀さんの文体になっている。

私もこれまで世界中かなりの旅をしたが、ただ訪れただけの土地は、それなりに珍しかったり、本や写真で見て感じていたものとは別のものを発見したりはするものだが、結局それはただ通り過ぎる旅行者の目に過ぎないものであって、十年の余を過ごしたアラスカで実際に生活をした土地の記憶は旅とは異種のものである。須賀さんのミラノは旅行者の目に映るミラノではなく、その中に浮かび上がるものは、その中に生きた人の感性であり、人生であり、歎声でもあるので、読む人はそこからイタリアのすべてを何となく嗅ぎ取ることが出来るので、つぎつぎと読みつづけてゆく。

二〇〇一年十月

ここにおさめられた作品の大半は、一九八五年十二月から、一九八九年六月までに、日本オリベッティ株式会社の広報誌『スパッィオ』に連載されたものである。今回一冊にまとめるにあたって、かなり手を加え、書下しを入れた。

本書は1990年に単行本として小社から刊行された。

白水uブックス　1057

須賀敦子コレクション　ミラノ　霧の風景

訳　者 © 須賀敦子《すがあつこ》

発行者　及川直志

発行所　株式会社 白水社

東京都千代田区神田小川町 3-24

振替　00190-5-33228　〒 101-0052

電話（03）3291-7811（営業部）

（03）3291-7821（編集部）

www.hakusuisha.co.jp

2001 年 11 月 25 日第 1 刷発行

2020 年 12 月 5 日第 22 刷発行

本文印刷　株式会社精興社

表紙印刷　クリエイティブ弥那

製　　本　加瀬製本

Printed in Japan

ISBN978-4-560-07357-5

乱丁・落丁本は送料小社負担にてお取り替えいたします。

白水uブックス須賀敦子コレクション

コルシア書店の仲間たち

ミラノの大聖堂に近いコルシア・デイ・セルヴィ書店に集う、心やさしくも真摯な生き方にこだわる人々とのふれあいをつづる魂のエッセイ。

解説・稲葉真弓【u1053】

ヴェネツィアの宿

旅人の心をなごますヴェネツィアの宿で思いめぐらすはるかな記憶。少女時代から、孤独な留学時代、父の死にいたる、親族をめぐる葛藤、自身の心の軌跡を描いた自伝的エッセイ。

解説・宮田毬栄【u1054】

トリエステの坂道

多くの文学者の記憶を秘めた町、トリエステ。この地への旅立ちにはじまるエッセイは、著者の亡夫をはじめとする、懐かしき人々との思い出を綴ったある家族の肖像となっている。

解説・筒井ともみ【u1055】

ユルスナールの靴

ユルスナールというフランスを代表する女性作家の生涯と類いまれな才能をもった日本人作家である著者自身の生の軌跡とが、一冊の本の中で幾重にも交錯し、みごとに織りなされた作品。

解説・川上弘美【u1056】